Catalogage avant publication de Bibliothèque et Archives nationales du Québec et Bibliothèque et Archives Canada

Rivard, Émilie, 1983-

L'ingrédient secret

(Biblio romance; 7)
Pour les jeunes de 10 ans et plus.

ISBN 978-2-89595-532-0

I. Mika, 1981- . II. Titre. III. Collection: Biblio romance; 7.

PS8635.I83I55 2011   jC843'.6   C2010-942776-9
PS9635.I83I55 2011

Auteure : Émilie Rivard
Illustration de la couverture et graphisme : Mika

Dépôt légal — Bibliothèque et Archives nationales du Québec, 1ᵉʳ trimestre 2011

ISBN 978-2-89595-532-0

Gouvernement du Québec — Programme de crédit d'impôt pour l'édition de livres — Gestion SODEC

Boomerang éditeur jeunesse remercie la SODEC pour l'aide accordée à son programme éditorial.

Nous reconnaissons l'aide financière du gouvernement du Canada par l'entremise du Fonds du livre du Canada (FLC) pour nos activités d'édition.

ASSOCIATION
NATIONALE
DES ÉDITEURS
DE LIVRES

Imprimé au Canada

ÉMILIE RIVARD

L'ingrédient secret

*Merci à Andrée-Ann,
Marie-Kim, Amélie et Naomie
pour m'avoir suggéré leur prénom !*

Table des matières

Chapitre 1
La chambre d'Amélie

Dans le bureau du sous-sol, je me débarrasse en vitesse des devoirs de la fin de semaine quand ma sœur hurle du haut des marches :

— Andrée-Aaann, téléphone !

J'étire le bras et je décroche le combiné. Je reconnais aussitôt ma meilleure amie Amélie.

— Nannou ! Je viens encore de me faire avoir. Je vous ai encore mélangées, Marik et toi.

Elle n'est pas la première à qui ça arrive. TOUT LE MONDE nous confond, Marie-Kim et moi. Je ne vois pas pourquoi. À part notre taille, nos cheveux foncés, nos yeux presque noirs, nos taches de rousseur, notre nez un peu retroussé et bien sûr notre voix, nous n'avons pas grand-chose en commun, ma jumelle et moi...

Maintenant qu'elle parle à la bonne personne, Amélie s'exclame :

— Nannou, j'ai ABSOLUMENT besoin de toi! Ça y est, il a dit OUI!

Ça fait au moins trois siècles qu'Amélie supplie son père de lui allouer un budget pour redécorer sa chambre. Vraiment, à douze ans, les murs rose boule de gomme et la bande de tapisserie fleurie, ça suffit! Je me demande d'ailleurs comment elle a pu supporter ce décor de fillette aussi longtemps. Moi, je peins ma chambre chaque année et je trouve sans cesse des objets pour changer les airs de mon petit coin. La déco, c'est ma passion! Je lis des revues pleines d'astuces et je ne rate jamais une émission de télé dans laquelle on renouvelle complètement une demeure. J'ai aidé toutes mes amies à métamorphoser leur chambre. Ne restait plus que celle d'Amélie…

J'ai accouru chez ma meilleure copine en moins de quatre minutes. Il faut dire qu'elle habite à trois portes de chez moi. Assise au milieu de la pièce à transformer, j'observe les meubles, les affiches de nos acteurs préférés, les photos de nous, tous les petits détails qui pourraient m'inspirer.

Puis, j'ai l'illumination. Je débranche sa lampe de chevet bleu clair et je déclare :

— J'ai trouvé ! Viens, Mélie !

Juste avant que nous sortions, le père de mon amie nous barre la route.

— Les filles, je veux un plan de TOUT votre projet avant de verser la moindre cenne.

— Promis, Denis !

Les parents de Caroline avaient été aussi durs à convaincre. On avait même dû leur présenter un budget détaillé ! Je crois qu'ils avaient de la difficulté à faire confiance à deux ados de première secondaire. Mais le résultat les avait jetés par terre !

Une fois que Denis nous laisse poursuivre notre chemin, Amélie et moi marchons jusqu'à la petite quincaillerie de la rue des Trembles. J'y passe tant de temps que le propriétaire, monsieur Labrie, me connaît maintenant par mon prénom.

— Tiens, Andrée-Ann ! Un nouveau projet en vue ?

— Toujours, monsieur Labrie !

J'entraîne ensuite mon amie vers le mur où sont disposés les échantillons de couleurs de peinture. Je saisis un carton où figure un dégradé de bleu. La teinte exacte de la lampe s'y retrouve. De l'autre main, j'attrape un échantillon rouge Pomodoro. Je n'ai aucune idée de ce qu'est un Pomodoro... à moins que ce soit une ville... En tout cas, cette couleur vive me plaît bien !

— Qu'est-ce que tu dirais si on peignait des lignes rouges comme ça et bleues comme ta lampe, mais deux tons plus foncés ? Celui-là... Polaris. Polaris et Pomodoro, c'est sûr que ça va être beau ! On pourrait trouver d'autres accessoires azurés, ou en peindre. J'ai vu un coffre en bois fantastique au marché aux puces. Il y est peut-être encore, et...

— Tu es trop géniale, trop géniale, trop géniaaale ! répète mon amie en sautillant.

Juste avant de partir, je demande à monsieur Labrie :

— Avez-vous un grand...

Il ne me laisse pas finir ma phrase. Il disparaît dans l'arrière-boutique et revient un instant plus tard avec un large carton à la main.

— Voilà, mamzelle !

Durant le reste de l'après-midi, je dessine le plan de la future chambre d'Amélie en collant les couleurs au bon endroit. Je fais même une liste des coûts, pour épater son père. Pendant ce temps, Amélie décolle les affiches des murs, range ce qui traîne… bref, prépare la pièce pour sa grande transformation.

* * *

Le lendemain, j'enfile mon vieux jean taché des couleurs des chambres de mes amies ainsi que mon chandail gris amplement sale lui aussi. Je rassemble ensuite mes pinceaux, rouleaux, bacs à peinture et compagnie. Tout ce matériel m'a coûté une bonne part de mon argent de poche, mais mes « clientes » m'en remboursent un peu chaque fois que je « travaille » pour elles.

Je monte de la cave sans trop voir où je vais tant j'ai les bras chargés. Lorsque je pose les pieds dans le salon, une chose se place en travers de mon chemin, me faisant presque basculer. La chose en question, c'est Balthazar, notre chien. Ou plutôt le cabot de ma sœur Marie-Kim, puisque c'est elle qui s'en occupe le plus. Elle le dresse même dans le but de faire des concours. Ça ne fonctionne pas à merveille, à mon avis, mais il est quand même moins insupportable qu'il l'était l'an dernier.

Amélie est tout excitée lorsque j'arrive chez elle avec mon équipement. Son père nous conduit jusqu'à la quincaillerie et il nous aide à rapporter les pots de peinture. Il nous propose ensuite de passer lui-même la première couche, pendant qu'on traîne au marché aux puces. C'est une offre impossible à refuser!

Je déniche toutes sortes d'objets qui pourraient être intéressants pour la nouvelle décoration de la chambre de Mélie : deux vieux cadres en bois défraîchis, une ardoise, un contenant rempli de bouchons de liège, un vase en verre et des crochets. Mélie ne semble pas convaincue au premier abord, mais elle changera d'idée quand elle saisira ce que j'ai en tête… Premièrement, je peindrai les deux cadres du même bleu que sa lampe de chevet, je transformerai le premier en tableau, à l'aide de l'ardoise, et le deuxième en babillard en utilisant les bouchons de liège. Le vase pourra servir d'aquarium. Un poisson betta azur sera très heureux d'en faire son domicile !

Durant le reste de la journée, nous couvrons les murs de bandes rouges et bleues. Plus le travail avance, plus je suis satisfaite de mon choix, et plus les cris de joie d'Amélie deviennent aigus !

Ce soir, mon amie dormira dans la chambre la plus cool en ville. Je suis presque jalouse...

Chapitre 2
Le travail de Miss Donovan

Le lundi matin, juste avant que commence le cours d'anglais, Amélie se vante à qui veut l'entendre d'avoir la chambre la plus « incroyablement superbement débile de la planète ». Elle a encore une tache Pomodoro sur le bout du pouce et une mèche de cheveux bleue pour le prouver.

— Quand est-ce que tu m'aides à décorer MA chambre ? demande Faby, princesse de l'univers en chef de tous les élèves de première secondaire. Ma sœur éclate de rire, sachant très bien à quel point cette fille me scie les nerfs à coup de lime à ongles, celle qu'elle traîne toujours avec elle.

Heureusement, la cloche sonne avant que je puisse répliquer quoi que ce soit. Je hais être méchante avec les gens, mais je déteste aussi être hypocrite. Dans ce genre de situations, je me demande chaque fois quoi répondre… Miss Donovan, notre enseignante d'anglais, nous salue et poursuit, dans sa langue :

— Aujourd'hui, écoutez bien, car je vous présente un travail qui vaudra pour une bonne proportion de votre note de fin d'année. Vous devrez faire une description d'un lieu de la ville, par écrit, puis à l'oral. Pour la partie écrite, imaginez que cela figure dans un guide touristique. Et pour la partie orale, c'est comme si vous faisiez visiter la ville à des étrangers.

Elle distribue à chacun une feuille sur laquelle sont notées les consignes détaillées. Quoi ? Un texte de 400 mots et un exposé de cinq minutes ? On est dans la classe enrichie, mais quand même, elle exagère, non ? Nous nous regardons tous, les yeux ronds. Au moins, c'est un travail d'équipe. Avec Amélie la parfaite bilingue, ce sera vite fait ! Mais mes espoirs s'écroulent quand Miss Donovan ajoute :

— Et c'est moi qui choisirai votre coéquipier.

Il ne manquait plus que ça ! Au fond, ce n'est pas SI terrible. Elle aura sûrement pensé à me mettre en équipe avec Marie-Kim. C'est ce que les profs font depuis la maternelle : jumeler les jumelles !

Et comme, évidemment, on habite la même maison, on trouve facilement du temps. C'est plutôt pratique!

À moins que j'aie la chance immense, incroyable, incalculable de travailler avec le magnifique Louis-Philippe Nolin... Le projet avancerait certainement très, très lentement, parce que je serais aussi peu concentrée que le jour où j'ai essayé d'étudier tout en regardant le dernier film de mon comédien préféré, Gabriel Lefrançois. D'un autre côté, ce serait une bonne chose, on devrait passer BEAUCOUP de temps ensemble! Ouais...

Finalement, pendant que je pense à tout ça, Miss Donovan a déjà nommé Amélie (zut!) puis Marie-Kim, qui sera avec Louis-Philippe Nolin (c'est injuuuuste!). Et moi, et moi? Chanceuse comme je suis, je vais bien hériter de Faby! Ce serait le comble. Elle voudrait que je fasse tout à sa place, sans quoi elle me menacerait de chialer pendant des heures avec sa voix suraiguë extra énervante. Je suis certaine que mes tympans exploseraient. Ça doit être follement douloureux... Et pour se faire pardonner, elle tenterait de devenir ma plus grande copine, ce qui serait mille fois pire que des oreilles éclatées !

— *Andrée-Ann avec Ludovic*, annonce notre enseignante, en anglais.

Ah. Ludovic. J'aurais pu être plus mal prise. Il est plutôt gentil. C'est étrange, je suis dans la même classe que lui depuis la deuxième année, mais je ne le connais pas très bien. Au primaire, il était le meilleur ami de Max McKey, LE clown en chef de l'école. Évidemment, comme Max prenait toute la place, on ne remarquait pas vraiment Ludovic. Max va maintenant dans une autre polyvalente, mais pour moi, mon nouveau coéquipier passe toujours inaperçu…

Miss Donovan a changé de sujet depuis un bon moment, mais je ne peux m'empêcher de relire encore et encore la feuille de consignes de l'ÉNORME projet à réaliser. J'espère seulement une chose : que Ludovic soit bilingue !

La période se termine très vite. Je n'ai pas jeté un seul coup d'œil à l'horloge avant que la cloche sonne. J'entends, tout autour

de moi, les autres élèves se plaindre.
«Comment on va faire?» «Quel sujet *boring!* »
« En plus, c'est pour dans trois semaines! »
Miss Donovan nous regarde tous sortir,
esquissant un petit sourire sur ses lèvres
charnues. Ou elle ne comprend pas un mot
de français (ce n'est pas impossible, elle n'a
jamais prononcé devant nous une phrase
complète dans cette langue…), ou ça lui
plaît de nous voir nous arracher les cheveux
pour son fichu travail, ce qui est bien pro-
bable aussi!

Je rejoins Amélie, qui soupire bruyam-
ment. En se frayant un chemin dans le
corridor, elle chuchote:

— Je suis jumelée avec Léonard…

J'essaie de l'encourager par un:

— Ça pourrait être pire!

— Tu n'as jamais remarqué à quel point
il a mauvaise haleine?

J'éclate de rire, mais je cesse en vitesse.
Ce n'est pas très compatissant pour ma
meilleure amie… Tout à coup, quelqu'un me
tape sur l'épaule. Je me retourne, mais je ne
vois personne que je connais. Seulement la
foule habituelle d'élèves de tous les niveaux.

Puis j'aperçois Ludovic.

— On est ensemble pour le travail… dit-il, un peu timidement.

Je ne sais pas trop quoi répondre d'autre que :

— Oui.

— Penses-tu qu'on pourrait le commencer bientôt ? Je n'aime pas vraiment laisser traîner mes devoirs.

— Pas de problème, Ludovic, je suis bien d'accord avec toi !

— Cool. On peut se rencontrer ce soir ?

— Pourquoi pas. Chez moi, si tu veux.

Il me sourit d'un air soulagé et se dirige vers sa case. Mélie demande alors, les mains jointes :

— Est-ce que tu accepterais de changer de coéquipier avec moi, s'il te plaît, s'il te plaît, s'il te plaît ?

— Pas question.

— C'est injuste !

— Marie-Kim est avec Louis-Philippe Nolin, ÇA, c'est injuste !

— Bof. Pas tant que ça. Je préférerais être avec Ludovic plutôt qu'avec Louis-Philippe.

Il est bien plus sympathique! Et son sourire est plus… vrai.

Un sourire plus vrai… Elle n'a pas tort… Amélie commence à me faire prendre conscience qu'au fond, je ne suis pas si malchanceuse que ça!

Chapitre 3

La Terre appelle la Lune

Après les cours, j'attends Ludovic à la porte principale de l'école. J'aperçois ma sœur s'approcher. Elle franchit les derniers mètres qui nous séparent en exécutant une petite danse que nous faisons parfois pour blaguer à la maison. Je n'oserais jamais la faire dans la cour de la polyvalente, mais Marie-Kim est ainsi. Elle se soucie rarement de l'avis des autres. Souvent, je l'envie. Mais pas en ce moment, alors que quatre élèves de troisième secondaire lui lancent un regard en coin, un regard qui en dit long ! Marik ne remarque rien. Elle s'exclame :

— J'adore la prof d'anglais ! Tu rentres chez nous tout de suite ?

— Bientôt. J'attends Ludovic, on va travailler sur le travail de cette prof d'anglais que je N'ADORE PAS.

— Wow, vous commencez tôt !

— Ce sera fait.

— Bon, bien on se voit tantôt !

Marik poursuit sa route en valsant encore un peu. Puis Ludovic apparaît. Il marche d'un pas rapide, faisant rebondir ses larges boucles blondes. Il a drôlement grandi, depuis la sixième année. Il me semble qu'à l'époque, il était plus petit que moi. Ce n'est plus du tout le cas! Ses épaules sont un peu plus musclées aussi.

— Je m'excuse, Andrée-Ann! Je ne trouvais plus mon livre de maths et… longue histoire. En tout cas, je m'excuse!

C'est une des rares choses que j'avais déjà notées de Ludovic: il est un peu distrait. C'est peut-être pour cette raison qu'il veut qu'on termine rapidement le devoir: il a peur de l'oublier! Je lui réponds, tout à fait sincère:

— Ce n'est pas grave du tout, Ludovic, je profitais du soleil. Et j'attends depuis moins de dix minutes.

Nous marchons jusque chez moi, à trois coins de rue de l'école. En route, nous discutons du travail. Un lieu de la ville… ce n'est pas le sujet le plus palpitant du monde. Ludovic demande:

— As-tu une idée?

Je hausse les épaules. Si j'étais toute seule, je parlerais d'une des chambres que j'ai décorées. Celle d'Amélie, sûrement. C'est la plus réussie, je crois. Le grenier de Caroline, aubergine et blanc, est assez incroyable aussi, je dois avouer, surtout avec la fresque que j'ai peinte sur l'un des murs... Je me demande si Miss Donovan permettrait que je choisisse plusieurs lieux... Mais de toute façon, ce serait un thème bien inintéressant pour Ludovic. À propos de choses inintéressantes, je m'aperçois alors que je n'ai pas dit un mot depuis au moins deux minutes. En fait, je n'ai même pas répondu à sa question. C'est une de mes mauvaises habitudes : je pars très, très loin dans mes pensées et j'oublie que la Terre tourne !

— Excuse-moi, Ludovic ! J'étais dans la lune ! Hum... Non, je n'ai pas vraiment d'idée de sujet.

Nous entrons dans la maison et sommes accueillis par Balthazar et son gros nez mouillé. En chien poli, il montre immédiatement son derrière à notre invité. Je le repousse, un peu gênée, et nous passons par la cuisine. Ma mère, déjà arrivée du boulot, nous salue. Je m'empresse de lui présenter Ludovic en prenant soin de lui faire comprendre que ce n'est qu'un camarade de classe avec qui je travaille sur un devoir. Les parents, ça saute si vite aux conclusions !

J'invite Ludovic à descendre au sous-sol. Je suis contente de voir que ma sœur n'a pas encore envahi le bureau que nous partageons. En fait, je pense qu'elle est partie promener Balthazar. J'allume l'ordinateur, espérant qu'Internet pourrait nous inspirer. Je crois que la ville a un site intéressant.

Nous nous rendons rapidement compte que le site de la ville n'est pas si fascinant, finalement. On dirait qu'il a été fait pour les personnes de 60 ans et plus ! Au moins, ça nous permet de rigoler un peu. Ludovic fait remarquer :

— Regarde ! Il y a un terrain de pétanque au Parc au castor !

— Je crois vraiment qu'on devrait parler de ça. Ou bien du Musée des origines… il y a justement une exposition sur les petites cuillères !

Je ris tant que je commence à en avoir mal aux joues. C'est complètement ridicule !

Entre deux fous rires, je parviens à glisser :

— Ça n'a aucun sens, on ne trouvera jamais !

Il acquiesce et propose qu'on aille marcher. Ce sera peut-être plus efficace. Puis il ajoute :

— Et si on n'a toujours aucune idée, on jouera à la pétanque !

Je commençais à retrouver mon sérieux. Maintenant, c'est foutu ! Je ne pourrai jamais arrêter de rire et je mourrai par explosion de la rate. Si c'est possible. Je ne suis même pas certaine de savoir où se situe la rate dans mon anatomie. Mais je suis sûre que c'est encore plus douloureux qu'un tympan qui éclate… Je réussis malgré tout à me lever, à monter les escaliers et à sortir. À l'entrée, nous croisons Marie-Kim, qui se demande bien pourquoi j'ai les yeux si rouges et mouillés. Elle ne pose pas de question, mais en jumelles, nous n'avons pas toujours besoin de parler pour nous comprendre !

Ludovic et moi passons près d'une heure et demie à parcourir les plus grandes rues du coin. Nous aimerions beaucoup trouver une idée originale, mais ce n'est pas facile. Il faut dire que notre ville n'est pas SI intéressante ! En chemin, nous nous rappelons des bons moments du primaire.

— Andrée-Ann, tu te souviens de la pièce de théâtre qu'on avait faite dans le gymnase en cinquième année ?

— Je m'en souviens, mais on n'était pas dans la même pièce…

— Bien… oui…

— Tu es sûr que tu n'étais pas avec Marie-Kim ?

C'est souvent comme ça, les gens nous confondent, même dans leurs souvenirs !

— Non, non, c'était toi, Andrée-Ann. Dans la pièce de *Sherlock Holmes*. Marie-Kim était dans *Le petit prince*, avec Max. Je ne vous ai jamais mélangées, ta sœur et toi. Vous êtes identiques physiquement, mais je vous ai toujours trouvées différentes quand même. Tu es plus… rêveuse, je crois.

Plus rêveuse. C'est gentil de sa part de ne pas avoir choisi le mot « lunatique ». Nos parents nous présentent souvent ainsi : « C'est Marie-Kim, l'énergique, et Andrée-Ann, la lunatique. » Ludovic s'inquiète une fois de plus de mon silence.

— Je ne voulais pas t'insulter en disant ça… Désolé…

— Tu ne m'insultes pas du tout, Ludovic. Au contraire !

— Tu peux m'appeler Ludo.

Je lui souris en retour. Je jette un coup d'œil à ma montre : il est grand temps de rentrer, pour ne pas rater l'heure du souper. Nous nous promettons de chercher chacun de notre côté, puis nous en reparlerons le lendemain. Ludo tourne dans la rue suivante alors que je continue tout droit. Je le regarde quelques secondes marcher les mains dans les poches. C'est étrange, même si je vois ce garçon presque tous les jours depuis plusieurs années, j'ai l'impression de le rencontrer pour la première fois aujourd'hui. Et le plus bizarre, c'est que lui semble me connaître depuis toujours. Il faut croire qu'il est moins distrait que je le suis !

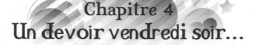

Chapitre 4
Un devoir vendredi soir...

Durant toute la soirée, j'essaie encore et encore de trouver un fichu lieu de la ville pour le maudi... ne de travail d'anglais. Mais mon cerveau revient toujours au même sujet : Ludo. Il n'est pourtant pas une attraction touristique... Mais il est plus intéressant que n'importe quel coin du quartier ! En plus, on dirait que personne ne le connaît vraiment. Il a quelque chose de bien intrigant...

Le lendemain, je ne sais pas trop pourquoi, mais je rougis aussitôt en tombant sur ce grand mystérieux à l'entrée de l'école. Évidemment, ma sœur, avec qui j'ai fait la route, le remarque et elle me donne un coup de coude monumental et trop peu subtil ! Heureusement, elle voit notre amie Caroline plus loin et elle la rejoint en criant : « Caroooo ! J'ai pensé à toi hieeeeer ! » Et moi, je reste clouée sur place, prête à fondre de honte. Est-ce que ça se peut,

31

fondre de honte? Comme une chandelle, mais en plus rapidement. Devenir instantanément une grosse flaque. « Mais on s'en fout, Nannou! » comme dirait Mélie. Il faut que je parle, maintenant, avant que Ludovic parte en courant pour aller supplier Miss Donovan de le jumeler avec quelqu'un d'autre, même si c'est pour être avec Léonard et son haleine de perchaude. Je réussis à articuler:

— As-tu eu l'idée du siècle, Ludo?

— Non. En fait… peut-être.

Son visage s'illumine de son sourire un peu timide. Il se gratte le bout du nez et précise:

— On pourrait toujours parler du cinéma. Il paraît qu'il a plus de cinquante ans…

Je n'ai jamais trouvé que le cinéma avait quelque chose de spécial. C'est vrai qu'il est vieux, que ses tapis auraient bien besoin d'un bon nettoyage, que le hall devrait être repeint. En vert feuille. En gardant la bordure de bois, mais en la peignant d'un brun un peu plus foncé, on obtiendrait un résultat plutôt joli. Je me range tout de même à son avis.

— Le cinéma. Ça pourrait être bien. Ce soir, j'ai un devoir de maths à finir, mais demain, après l'école, on pourrait aller faire un tour, qu'est-ce que tu en dis ?

— C'est ce que j'allais te proposer. Et tant qu'à faire, on pourrait en profiter pour voir un film…

— Bonne idée, Ludo.

La cloche sonne. Il me sourit, se gratte de nouveau et marche rapidement jusqu'à sa case. Je ferais bien de me dépêcher, moi aussi, pour ne pas être en retard à mon cours de français !

Notre prof, madame Grenier, n'est pas là et c'est une remplaçante qui nous donne du travail d'équipe. Amélie et moi poussons immédiatement nos bureaux l'un contre l'autre. Je survole d'abord du regard la feuille d'exercices sur les synonymes, puis je la mets de côté. Tous les élèves font comme moi. Nous trouverons un seul synonyme aujourd'hui : « travail d'équipe avec une remplaçante » est synonyme de « placotage » ! Je chuchote :

— Et puis, Mélie, as-tu commencé ton super devoir avec Léonard ?

33

— Non. Mais Marie-Kim m'a dit que tu avais passé une trèèès belle soirée à « travailler » avec Ludovic hier…

Une fois de plus, je me sens changer de couleur. Stupides joues rouges ! Je ne sais pas pourquoi je suis aussi gênée. Après tout, il n'est absolument rien arrivé d'embarrassant ! Je lui raconte donc les quelques événements de la veille et notre mini-conversation de ce matin.

— Nannou ! Aller voir un film un vendredi soir ! Tu sais ce que ça veut dire…

— C'est pour un travail d'école, Mélie !

— Pff ! N'importe quoi ! Il t'a proposé d'aller voir un film… un VENDREDI SOIR ! Allume, Nannou !

En un centième de seconde, je me mets à me sentir bizarre. J'ai l'impression que mon cœur, mes poumons, mon estomac et ma rate sont en jello. Pour que ça ne paraisse pas, je tire vers moi la feuille sur les synonymes. Un synonyme de « regarder ». Contempler. Un synonyme de… Ça ne fonctionne pas. Je suis toujours envahie par la gélatine. Et voilà que ma tête ne peut pas s'empêcher de se tourner vers la gauche, où est assis Ludo. Il est de profil et ne s'aperçoit pas que je le fixe. Je n'avais jamais remarqué qu'il avait de si longs cils! C'est peut-être ce qui lui donne un regard aussi profond. À mes côtés, Amélie éclate de rire. Elle me glisse à l'oreille :

— Non mais, regarde-toi, Nannou! Tu es folle dingue de lui. Est-ce que tu vas au moins l'avouer à ta meilleure amie ?

Je prends quelques secondes avant d'admettre :

— Il me fait quelque chose, ça, c'est sûr... Mais c'est drôle, avant-hier, je crois que je ne savais même pas qu'il existait !

— Et maintenant, je gage que c'est Louis-Philippe Nolin qui n'existe plus !

— Louis-Philippe qui ?

Amélie pouffe de nouveau.

Le cours s'achève. Avant que les dernières minutes s'écoulent, tout le monde se lève, sauf Mélie et moi. Nous rions trop pour nous mettre sur nos pieds. Ludovic a le temps de s'approcher. Il me sourit d'un air complice, même si (heureusement!) il ne sait pas qu'il était le sujet de notre conversation. Il ouvre la bouche pour dire quelque chose, mais il est interrompu, d'abord par la cloche, puis par une mélodie beaucoup moins plaisante : la voix de Faby.

— Andrée-Annou, susurre-t-elle avec un ton de charmeuse de serpents. L'entendre m'appeler « Andrée-Annou » me fait le même effet que de mordre dans un énorme citron. Je ne sais jamais si madame la princesse se croit l'amie de tous ou si elle veut simplement nous manipuler. Je prends une grande inspiration et j'essaie d'articuler le plus gentiment possible :

— Oui, Faby ?

— J'ai demandé à ma mère si je pouvais redécorer ma chambre. Elle a accepté ! Et je lui ai dit qu'une de mes amies était suuuper bonne en déco et elle a répondu que c'était parfait.

« Une de mes amies » ? C'est moi, ça ? Je reste là, le menton pendant, sans savoir quoi répliquer. Ludovic profite de mon petit silence pour glisser :

— Je vais vous laisser avec vos affaires de filles !

Ah bravo, Faby ! Non mais, est-ce qu'elle le fait exprès ou elle a un don inné pour être

TOUJOURS à la mauvaise place au mauvais moment? Maintenant, Ludo s'éloigne dans le corridor. Et moi, je me demande encore comment riposter au dire de cette fille qui, soudain, se croit mon amie. De toute façon, je ne me souviens plus de sa question. La seule pensée qui envahit ma tête, c'est: quels auraient été les mots de Ludovic si Faby l'avait laissé parler? Je ne le saurai peut-être jamais. Il changera sûrement d'idée à mon sujet. Il est probablement allé voir Miss Donovan. Je serai maintenant en équipe avec Léonard. Bravo, Faby. Bravo! Et moi, doublement championne, je retrouve une partie de mes esprits et je déclare:

— Ça va me faire plaisir, Faby! Je peux aller faire un tour chez toi samedi...

— Samedi, à la première heure, alors!

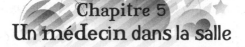

Chapitre 5
Un médecin dans la salle

Le lendemain, je suis aussi énervée que Balthazar le chien quand on prononce les mots « dehors » et « biscuit » devant sa grosse tête poilue. Durant le déjeuner, ma mère m'en fait justement la remarque.

— Voyons, ma cocotte, t'es-tu assise sur une fourmilière ?

Évidemment, l'occasion est trop belle, il faut que ma sœur s'en mêle.

— Oooh ! Il y a du Ludovic là-dessous…

J'ai tout à coup une envie folle de lui faire manger son muffin par le nez… mais ça n'aiderait pas les choses. Moi qui voulais justement demander à maman si je pourrai aller au cinéma après le souper… Maintenant, elle n'avalera jamais l'excuse du « travail scolaire ». Et après l'école, papa sera rentré et ce sera cent fois plus difficile d'avoir la permission. Pendant que je réfléchis à ma stratégie, ma mère en rajoute.

— Ludovic ? C'est le petit gars qui est venu l'autre soir ça, non ?

Comme si elle voulait se faire pardonner, Marie-Kim me donne alors un bon coup de pouce.

— Franchement, maman ! « Le petit gars » ! On dirait qu'on a huit ans.

Et elle enchaîne avec un solide coup de main.

— Finalement, Drée, avez-vous choisi un sujet pour le travail d'anglais ?

La porte est grande ouverte !

— Peut-être le cinéma. On va aller chercher un peu d'information ce soir.

— Et aller voir un film… continue ma jumelle.

— Bien… tant qu'à être dans le coin !

Ma mère et ma sœur éclatent de rire. Je suis aussi subtile qu'une roulotte à patates dans le désert, je le sais. C'est clair que Marie-Kim répandra dans toute l'école la nouvelle que Ludo m'intéresse. Ce n'est pas tout à fait de sa faute, elle n'y peut vraiment rien. Lorsque Marik est au courant d'un potin bien juteux, celui-ci lui brûle les lèvres. Ce n'est pas seulement une image, c'est vrai ! Si elle n'en parle pas à au moins une personne, elle doit s'appliquer des tonnes de couches de baume à lèvres. Et quand elles remarquent qu'elle sort son tube, ses meilleures amies savent à tout coup qu'elle a quelque chose à raconter.

— Ça va, ma cocotte. Mais tu rentres à dix heures, compris ? Et c'est bien parce qu'il a l'air d'un bon petit gars.

— Maman ! nous écrions Marie-Kim et moi.

✱

Au début du cours de maths, je réussis à voler le baume à lèvres de ma sœur. Je passe donc toute la journée sans être embêtée ! Mais tout n'est pas facile pour autant. Chaque fois que Ludovic est à moins de cinq mètres de moi, je me mets à suer comme une éponge trop imbibée. Je suis sûre que des cercles humides s'agrandissent de seconde en seconde sous mes bras. Et comme si ce n'était pas assez, mon cœur s'arrête ensuite de battre.

Je ne serai JAMAIS capable de passer la soirée entière en sa compagnie. Il faudra qu'un médecin nous accompagne pour me réanimer toutes les trente secondes. Super vendredi soir en perspective! «Tu veux du pop-corn, Andrée-Ann?» «S'il te pl... biiiiiiiiiiiiiiiiiip!»

À l'heure du souper, les choses s'empirent. Ma mère croit vraiment m'aider en servant du foie? Au moins, j'ai une raison pour ne pas avaler une seule bouchée. Quand papa me demande ce qui ne va pas, je peux alors répondre que cette tranche visqueuse me donne mal au cœur. J'en profite pour sortir de table et monter à ma chambre. Il ne me reste plus que quinze minutes avant de partir pour le cinéma, où m'attendra Ludo. C'est très peu... Comment est-ce que je m'habille? Comme on est supposés se voir pour un devoir, ce serait étrange que je me change. Il ne s'en rendrait peut-être pas compte... mais s'il s'en aperçoit, il pensera aussitôt que je suis amoureuse de lui. Ce qui est le cas. Un peu, en tout cas. Bon, d'accord, je ne me change pas. Je pourrais au moins me recoiffer. Et me maquiller juste un tout petit peu. Je m'assois devant le miroir et je fixe les outils dont je dispose: brosse, pinces, maquillage… Je me sens plus habile avec un rouleau à peinture. Je parviens tout de même à un résultat plutôt encourageant. De toute façon, je n'ai plus de temps à perdre ! Les jambes tremblotantes, je descends les marches et je crie, en attrapant ma veste accrochée au porte-manteau :

— Bonne soirée, tout le monde !

Tous me souhaitent la même chose, puis ma mère ajoute :

— Dix heures, ma cocotte !

Je marche jusqu'au cinéma, qui est à quinze minutes de la maison. Comme je ne contrôle pas mes pieds, j'avance d'un pas plutôt rapide et j'arrive une dizaine de minutes avant l'heure de notre rendez-vous. Pourtant, je remarque la silhouette de Ludovic, qui m'attend à l'entrée, à travers les gens qui se pressent. Je puise dans ma réserve de courage pour ne pas rebrousser chemin. C'est encore pire quand il me fait un petit signe de la main. Il m'a vue, je ne peux plus reculer maintenant ! Je le rejoins et, à quelques mètres de lui, je constate avec surprise que je n'ai pas perdu l'usage de la parole.

— Salut, Ludo ! Est-ce que tu attends depuis longtemps ?

— Non, non. Seulement cinq minutes.

Alors qu'il m'ouvre la porte, je réalise qu'il n'a pas le même chandail que cet après-midi. Il portait un gilet rouge aujourd'hui, et maintenant, il en a un bleu et vert. Comme ses yeux. Zut ! J'aurais dû me changer moi aussi ! J'entre dans le hall du cinéma, suivie par Ludo. Nous nous rendons au comptoir du service à la clientèle, où une fille d'environ dix-sept ans mâche une gomme sans discrétion. Heureusement, Ludovic, lui, se souvient du vrai but de notre visite. Il demande :

— Salut. Est-ce que tu aurais de l'information sur l'histoire du cinéma ?

Elle pouffe de rire et répond :

— Vous faites le stupide devoir de Miss Donovan, c'est ça ? Un petit conseil : choisissez un autre sujet que le cinéma. C'est ce que j'avais pris, moi, et j'ai eu une note horrible.

Nous nous regardons, un peu déçus. Elle poursuit :

— Mais, tant qu'à être ici, allez voir *Que jeunesse se passe*, c'est bien bon et ça commence dans dix minutes.

Elle nous tend deux billets que nous payons sans trop nous poser de question. Sa réponse a eu le mérite de me changer les idées quelques instants. Mais alors que nous marchons côte à côte vers la salle de projection numéro 3, les énormes papillons envahissent de nouveau mon estomac. Nous passons devant le comptoir alimentaire. Je ne résiste jamais à l'odeur du pop-corn, mais cette fois-ci, je n'ai aucune difficulté à poursuivre mon chemin. Une question remplit à elle seule toute ma cervelle : où est-il, ce médecin qui devait me réanimer ?

Chapitre 6
Un bon film?

Nous entrons dans la salle de cinéma et, en descendant la pente à peine inclinée, je dois faire un effort surhumain pour que mes jambes, plus molles que jamais, ne provoquent pas ma chute. Tête la première, bien entendu! Mais ce ne serait pas aussi drôle que si j'avais du pop-corn entre les mains. Probablement que mon farceur d'ange gardien attend le moment le plus humiliant possible pour me laisser tomber. Charmant, cet ange!

Tout en fixant une fois de plus les boucles blondes qui bondissent juste au-dessus de ses épaules, je suis Ludovic qui se fraie une place jusqu'au centre d'une rangée. Il se choisit un siège et je m'assois à sa droite en jetant un coup d'œil à ma montre. Le film commencera dans huit minutes exactement. D'ici là, j'espère bien qu'on aura trouvé un sujet de conversation, parce que pour le moment, un duo de mouches ferait plus de bruit que nous. J'observe les gens autour de nous, des jeunes pour la plupart. Une fille devant moi pose sa tête sur l'épaule du gars à côté d'elle. Je l'envie tellement ! En ce moment, je rêve de prendre la main de Ludo dans la mienne. Pourtant, je suis terrifiée à l'idée de faire le moindre geste. Mon ami se racle la gorge et je sursaute, trop perdue dans mes pensées. Il s'excuse et poursuit :

— Il va falloir penser à un autre sujet…

— Ouais, c'est vraiment dommage ! As-tu des suggestions ?

— Non… mais on trouvera bien quelque chose. Et au moins, on n'est pas venus pour rien. À moins que… peut-être que tu avais déjà des plans pour la soirée, je n'ai même pas demandé si…

— Non, non ! C'est parfait, tout à fait parfait !

Est-ce que j'ai répondu trop rapidement ? Il me semble que ça sonnait comme si j'avais dit : « D'autres plans ? Jamais de la vie ! Je n'ai pas de vie ! » Ou encore : « N'importe quoi pour toi, Ludo ! Tu me demanderais d'aller me jeter en bas du pont et je le ferais! » J'ai l'air d'une solide nouille… C'est sûrement pour cette raison qu'il regarde ailleurs. Il est gêné, le pauvre! Il est coincé avec moi! Andrée-Ann, ressaisis-toi immédiatement. Pour détendre l'atmosphère, je déclare en soupirant:

— On n'aura pas le choix de parler du terrain de pétanque du Parc au castor!

Et c'est réussi! Ludovic éclate de son rire qui me fait craquer. Il a un rire si franc!

Tout à coup, l'éclairage baisse et l'écran s'anime. Je constate alors que l'un des principaux acteurs du film est Gabriel Lefrançois, mon comédien favori. Je devrais être aux anges, mais ce détail me passe trois bons mètres par-dessus la tête. Dès les premières minutes, je n'arrive pas à me concentrer sur l'histoire, ni même sur les beaux yeux de Gabriel. Je ne songe qu'au bras de Ludovic qui déborde un peu de l'accoudoir et qui frôle le mien. J'ai l'impression que le plancher sous mes pieds s'est transformé en guimauve. On dirait aussi que je suis enveloppée d'un nuage très épais, qui me traverse parfois, me chatouillant l'intérieur du ventre au passage.

Cette image est impossible et, quand j'y pense bien, un peu dégoûtante, mais je n'y peux rien.

De toute ma vie, je n'ai jamais rien ressenti de semblable pour un garçon. Je ne suis pas comme Marie-Kim, qui a un nouveau kick toutes les deux semaines ! Je me demande comment elle fait pour survivre à tout ça. C'est à la fois la chose la plus agréable et la plus désagréable du monde. Si j'essaie de réfléchir (et j'ai bien dit « essaie »), je dois me rendre à l'évidence que l'unique façon de m'en sortir vivante, c'est de lui avouer comment je me sens. À cette idée, le nuage me lance des éclairs directement dans le ventre.

Si Mélie était là, elle me conseillerait… Mais non ! Cette fois-ci, je dois m'arranger toute seule, comme une grande fille. De toute manière, je sais exactement quels mots elle emploierait. « De quoi as-tu peur ? Le pire qui puisse arriver, c'est qu'il te dise non ! Et comment pourrait-il te résister ? En plus, c'est LUI qui t'a invitée au cinéma, non ? » Bref, elle exagérerait, comme d'habitude, mais elle aurait un peu raison aussi…

Le générique de fin envahit l'écran. Il faudra que je loue le DVD quand ce film sortira, je ne sais PAS DU TOUT de quoi il parlait! La salle se vide peu à peu, mais nous restons là, sans bouger. Ludo semble lire les noms de tous les artisans du long métrage et moi, j'essaie de retrouver l'usage de mes jambes. Puis, il se tourne vers moi et demande:

— Alors, comment tu as trouvé ça?

Je dois prendre une décision en une seconde. Ou je meurs silencieuse dans mon siège, ou je fonce... et je meurs. Tout se passe très vite dans ma tête, jusqu'à ce que je lance:

— Sincèrement, je n'ai pas réussi à me concentrer une seule seconde. Je pensais... à toi.

Docteur? Un autre petit coup de défibrillateur par ici, s'il vous plaît! Il répond alors:

— Je ne peux pas vraiment te raconter le film... j'avoue que je n'ai absolument rien suivi non plus.

Il pose sa main sur la mienne, faisant ainsi battre mon cœur de nouveau, mais beaucoup trop rapidement cette fois. Nos visages s'approchent, puis nos lèvres se frôlent d'abord, puis se touchent avec plus d'assurance. Il se lève ensuite, puis m'aide à me relever à mon tour. Nous sortons de la salle en nous tenant par la taille. Wow! Tout est allé si vite, mais maintenant, je suis si bien!

Nous marchons ainsi jusque chez moi. Avant de repartir, il me serre dans ses bras et chuchote:

— Est-ce que tu veux travailler sur notre devoir d'anglais demain? En fait, on pourrait y penser cinq minutes, puis écouter un film!

— J'adorerais ça! Mais... zut, je ne peux pas. Je vais t'appeler, promis!

Si au moins c'était pour une bonne raison, mais non, c'est à cause de Faby! Elle aura la chambre la plus laide au sud du Nunavut, tiens! Mais en regardant Ludo s'éloigner lentement, je suis incapable de ressentir la moindre colère. Je n'ai jamais été aussi heureuse de toute ma vie!

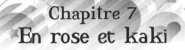
Le lendemain matin, je me réveille d'humeur beaucoup moins joyeuse. J'ai autant envie d'aller chez Faby que de faire des exercices de mathématiques pendant huit heures d'affilée. Le reste de la maisonnée dort encore, ce qui me donne le goût de replonger moi aussi sous mes couvertures. Je pourrais ensuite me relever en même temps que Marie-Kim et lui raconter ma soirée d'hier. Ou plutôt téléphoner à Amélie. C'est elle qui devrait l'apprendre en premier ! Mais non, le devoir m'appelle ! Une fois mon déjeuner avalé et ma douche prise, je glisse donc mes revues de décoration favorites dans mon sac à dos et je me rends à l'arrêt d'autobus. Eh oui ! Par-dessus le marché, Faby habite trop loin pour que je puisse y aller à pied !

Je monte dans le véhicule. Le chauffeur ne se donne même pas la peine de me sourire. Un « bonjour » aurait sûrement demandé ses énergies de toute une journée ! Je le salue tout de même, sinon il prétendrait certainement que les jeunes sont tous des impolis. Je l'entends bien assez souvent ! Heureusement, l'autobus est vide. Cette fois-ci, je ne me ferai donc pas sermonner par un étranger pour ne pas avoir cédé ma place à une personne âgée qui n'en voulait pas. Non mais, si je lui offre et qu'elle refuse, je dois l'asseoir de force ? Au risque de lui casser une hanche ? Certains jours, je déteste être jeune.

Je choisis le côté de la fenêtre. Regarder dehors me calme peu à peu, puis ma rêvasserie fait naître l'image de Ludovic. Mon amoureux ! J'ai beaucoup pensé à lui hier soir, mais étrangement, je n'avais pas encore réalisé qu'il était maintenant mon chum. Je ne peux m'empêcher de sourire. Cependant, j'aurais tant envie qu'il soit juste à côté de moi, pour que je puisse poser à nouveau ma tête sur son épaule.

Je ne sais trop combien de temps je suis restée dans la lune, néanmoins je n'ai pas vu l'arrêt où je devais descendre. Je sonne en vitesse et je me précipite à l'extérieur. Tabarouette ! Je retrouve tout de même le bon chemin, en suivant les indications de Faby. Je m'attendais à tomber sur un château, pourtant sa maison n'est pas très grande. La princesse de l'univers m'y accueille par un « Andrée-Annooooou » qui me fait quasi friser les oreilles. Je réponds par un timide « Salut ». Je me vois mal l'appeler « Fabyou ». De un, parce que c'est ridicule, et de deux, parce que je ne veux surtout pas qu'elle croit qu'on est maintenant des meilleures amies ! Elle est une connaissance, et c'est bien suffisant ! Malgré tout, je dois me retenir pour ne pas lui raconter que je suis amoureuse du gars le plus merveilleux de toute l'école. De toute la ville, en fait.

Heureusement, nous montons directement dans sa chambre. Je tombe alors en mode « professionnel ». Les parents de Faby ont probablement laissé à leur petite princesse adorée la pièce la plus spacieuse de la maison, puisqu'elle est IMMENSE. Comme si elle avait lu dans mes pensées, elle dit :

— Elle est grande, hein ? Mais ne t'en fais pas, c'est mon père qui va tout peinturer !

Je m'assois au bout du lit et je regarde tout autour de moi, les murs vert pâle et jaune, ainsi que tous les accessoires assortis, dont une collection de grenouilles. J'ai beau chercher un point de départ, je n'ai aucune inspiration. J'ouvre une revue et je la feuillette lentement. Je lui suggère quelques idées d'agencement, elle fait chaque fois un air près de la grimace. En désespoir de cause, je propose qu'on explore sur Internet. Bien sûr, madame a son propre ordinateur dans sa chambre! Je tape l'adresse du site d'une compagnie de peinture. Elle m'enlève ensuite la souris des mains et se promène de couleur en couleur. En bout de ligne, elle décide de TOUT. Je pourrais être en colère, mais au fond de moi, je rigole un peu… Ce sera HORRIBLE et je n'y serai pour rien!

✱

Je pars de chez Faby le plus vite possible. Je me sens comme si j'avais passé plusieurs heures au centre d'un nuage de gaz toxique. Il n'y a qu'une solution pour me décontaminer: appeler Amélie!

— Mélie !

— Nannou ! Je croyais que tu allais chez la princesse de l'univers aujourd'hui !

— J'en reviens.

— Sa chambre sera plus jolie que la mienne ?

— Pas du tout ! Elle a fini par choisir elle-même ses couleurs : vert presque kaki et rose pâle.

— C'est… bizarre ça, non ?

— Oh que oui !

— Mais pourquoi est-ce qu'on parle de Faby ? Tu n'aurais pas quelque chose de plus important à me dire à propos du beau Ludovic ?

Un petit frisson me parcourt lorsque j'entends son nom. Mystérieuse, je réponds :

— Peut-être… Viens chez moi, je te conterai ça !

Elle a maintenant assez d'indices pour tout deviner, mais ce n'est pas une histoire qui se raconte au téléphone.

Mélie cogne à ma porte de chambre pas plus de trois minutes plus tard. Voyant arriver mon amie, Marie-Kim a flairé le potin et elle la suit. Plus j'essaierai de chasser ma sœur, plus elle nous collera aux pattes, je la connais trop bien. Je lui permets donc de rester, d'un ton résigné.

— Et puis, et puis, et puis ? me presse Amélie.

Marik ne peut s'empêcher de dévoiler tout ce qu'elle sait :

— En tout cas, elle a failli rentrer en retard… Elle souriait beaucoup trop et elle nous a à peine souhaité une bonne nuit. Elle ne s'est même pas fâchée quand Balthazar lui est rentré dedans.

— Je peux parler maintenant ?

— Ouiii ! répondent les deux autres en chœur.

— Un petit conseil en passant pour le devoir d'anglais : la fille du guichet fait dire de ne pas prendre le cinéma pour sujet.

— On s'en fooout ! crie Mélie.

— On est allés voir le dernier film avec Gabriel Lefrançois.

— Ah oui ? C'était bon ? demande Marie-Kim.

— On s'en fooout ! répète mon amie.

Je commence à faire le récit du reste de ma soirée, quand le téléphone sonne.

Amélie me retient pour que je continue mon histoire, plutôt que de répondre. Ma jumelle s'étire et décroche le combiné. Mélie et moi écoutons Marik, sans savoir qui est à l'autre bout du fil.

— Allô ?

— …

— Oui, c'est moi…

— …

— Ça me ferait vraiment plaisir ! À quelle heure ?

— …

— Génial !

— …

— Moi aussi…

Elle raccroche, se tourne vers moi et passe près de me tuer avec cette phrase :

— Drée, tu viens d'accepter une invitation à dîner chez ton amooooureeeux, le beau Luuudooo !

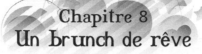

Chapitre 8
Un brunch de rêve

Ma sœur et moi avons souvent joué des tours aux gens avec notre ressemblance. Marie-Kim m'a parfois fait de mauvaises blagues aussi, mais cette fois-ci, elle a dépassé les bornes! Et Ludo qui disait qu'il a toujours su nous différencier... Pfft!

Malgré tout, un côté de moi est content que Marik ait parlé à mon chum à ma place. Après tout, je ne pouvais pas faire autrement que d'accepter son invitation. Et si j'avais moi-même répondu, ç'aurait ressemblé à « Baaable flicadi fiou » à cause de la gêne. Mais ce matin, en finissant de me préparer pour aller chez mon amoureux, je décide de bouder ma sœur encore un peu. Elle le mérite bien!

Je jette un dernier coup d'œil dans le miroir, puis je descends à la cuisine. Mon père ne se gêne pas pour me faire un petit commentaire:

— Tu t'es mise belle pas mal!

Pour sa part, ma mère s'amuse à m'imiter:

— Franchement, maman, c'est juste un ami…

J'arrive très mal à cacher un demi-sourire. Je réponds donc:

— En fait, c'est un… très bon ami!

Puis je quitte la maison, de peur d'avoir à endurer d'autres moqueries. En marchant, je jongle avec une question dans ma tête: je lui dis qu'il a parlé à Marie-Kim plutôt qu'à moi? Ça vaudrait peut-être mieux… même s'il nous prendra sûrement pour deux immatures. Puis, je me raisonne. Franchement, je n'ai rien à voir là-dedans!

Je remonte l'allée des Roy-Lamarche, la famille de Ludovic. Puis j'appuie sur la sonnette, malgré ma nervosité. J'imagine Ludovic s'avancer dans l'entrée. Ou encore l'un de ses parents. Ho! Je vais rencontrer ses parents. Je n'avais pas pensé à ça. Ils me détesteront peut-être…

Je réalise soudain que la porte est ouverte depuis plusieurs secondes et que Ludo me fixe, plus beau que jamais avec son chandail ligné. Bon, Andrée-Ann, dis quelque chose!

— Ludo, faut que je t'avoue, hier, tu as parlé à ma sœur. Elle s'est fait passer pour moi !

C'est un peu brusque, comme bonjour… mais au moins, c'est confessé ! Je sens que j'ai un peu déstabilisé mon « très bon ami ».

— Hum… ça ne fait rien, Nannou. L'important, c'est que tu sois là. À moins que… peut-être que tu ne voulais pas vraiment venir…

Wow ! Il m'a appelée Nannou ! Je m'empresse de le rassurer :

— Au contraire, je suis bien contente ! Ne t'inquiète pas, Marik ne te fera plus le coup.

Puis nous ne bougeons plus d'un millimètre pendant quelques secondes, en nous demandant ce qu'il faudrait faire ensuite. J'entends des pas approcher, puis je vois la tête d'une femme blonde apparaître.

— Andrée Ann, j'imagine ? Entre, entre, ne reste pas plantée là !

Ludovic prend ma main et m'attire à l'intérieur. Il la lâche toutefois en arrivant à la cuisine, où son père est attablé. Ce dernier me sourit et m'invite à m'asseoir.

Puis il fait comme si je ne pouvais pas capter ses paroles et chuchote un peu fort :

— Elle est pas mal jolie, mon Ludo !

Ludovic fait un sourire gêné et donne un coup sur l'épaule de son papa, comme pour le réprimander. Madame Roy se place à ma droite. Ludo demande :

— Veux-tu quelque chose à boire, Nannou ? Un jus d'orange ?

— Oui, s'il te plaît.

À ma surprise, mon amoureux pose devant moi un verre de jus fraîchement pressé. Il dépose aussi au centre de la table une grande assiette garnie de fruits coupés. Il se poste ensuite près du four. Voyant mon air surpris, monsieur Lamarche explique :

— Eh oui ! Ludo nous prépare un festin, ce matin.

— Je ne savais pas que tu cuisinais.

— Je ne m'en vante surtout pas. Un gars qui popote, c'est pas vraiment… commence Ludovic.

Je le contredis tout de suite :

— Franchement ! Les grands chefs sont tous des hommes. Et il y en a qui sont vraiment très cool, en plus.

Monsieur Lamarche ajoute, en me gratifiant d'un clin d'œil:

— Et ça plaît aux filles aussi!

Je dois avouer qu'il a raison. Et je suis encore plus d'accord quand Ludovic me tend une assiette dans laquelle se trouve une espèce de sandwich formé de deux pains dorés, de chocolat et de bananes. L'odeur est INCROYABLE! Je meurs d'envie d'y planter ma fourchette et d'engouffrer une énorme bouchée. Par politesse, j'attends plutôt que Ludo termine de servir tout le monde, mais je ne me fais pas prier lorsque mon nouveau beau-père me presse de commencer pendant que c'est chaud. C'est SUCCULENT! Je me demande si j'ai déjà mangé quelque chose d'aussi bon dans toute ma vie. Le chocolat fondant se mêle à la banane et au pain, qui a un tout petit goût de cannelle et d'une autre épice que je n'arrive pas à identifier. Si je devais me nourrir d'une seule chose pour le reste de mes jours, ce serait certainement de cela!

Pendant que je savoure, Ludovic m'observe en se mordant la lèvre inférieure. Il attend sûrement une réaction de ma part.

— Ludo, je n'ai jamais rien mangé d'aussi bon. Tu es un génie !

Rassuré, il sert ses parents et lui-même, puis il s'assoit. Madame Roy raconte alors :

— Ludo a commencé à cuisiner vers six ans. À huit ans, il nous préparait à souper toutes les fins de semaine. Ça a toujours été une vraie passion.

— Il a failli nous empoisonner quelques fois, se moque son père, mais ça a valu la peine !

Moi qui croyais déjà qu'il était parfait, je ne savais pas à quel point c'était le cas ! Je suis certaine que Louis-Philippe Nolin n'arrive même pas à se faire cuire un œuf…

Le reste du brunch est tout aussi savoureux. Ludo a préparé sa spécialité : des poires au caramel et aux noisettes. C'est décidé, je vais l'épouser, au risque de devenir obèse très, très rapidement !

Tout au long du repas, nous discutons avec monsieur Lamarche et madame Roy. Ils sont vraiment très gentils. Ils essaient même de nous aider à trouver un sujet pour notre travail d'anglais. Ils ne semblent d'abord pas beaucoup plus inspirés que nous. Puis, monsieur Lamarche s'exclame :

— Minou ! Je le sais !

J'imagine qu'il s'adressait à sa femme, et non à Ludo, ou pire, à moi ! Il poursuit :

— *Chez Réal !*

— Ça existe encore, tu crois ? s'interroge madame Roy.

Ludovic confirme par un :

— Oui, mais… c'est pas mal le casse-croûte le plus nul que je connaisse !

— Ludo, tu vas faire pleurer ta mère ! l'avertit son père.

Puis il explique, les yeux brillants :

— C'est là qu'on a eu notre première rencontre d'amoureux.

Il caresse doucement le dos de la main de son épouse. Pendant une seconde, ils replongent dans leurs souvenirs. Ils se regardent en souriant et ils en oublient notre existence. Wow ! Ils ont l'air encore si amoureux, même après toutes ces années ! Mes parents s'aiment toujours, enfin je crois, mais ils n'ont plus autant d'étincelles dans le regard. Ludovic brise la magie sans le vouloir.

— Vous pensez vraiment qu'on peut faire un exposé oral sur un casse-croûte ?

Madame Roy explique :

— C'était LA place la plus branchée en ville quand on était jeunes. Et ça l'a été pendant au moins quinze ans ! Les gens faisaient des détours pour y déguster un cheeseburger. J'ai une idée ! Pourquoi on n'irait pas manger là ce soir tous les quatre ? Si ça ne dérange pas tes parents, bien sûr, Andrée-Ann.

— Je ne vois pas pourquoi ça les dérangerait. Après tout, c'est pour l'école !

Chapitre 9
Chez Réal

Je passe l'après-midi chez Ludovic.
Comme le temps a tourné à l'orage, nous
avons écouté deux films. Mon amoureux était
scandalisé que je ne les aie pas vus avant.
Puis vers six heures, nous sommes partis avec
monsieur Lamarche (qui tient à ce que je
l'appelle Marc) et madame Roy (Mireille, en
fait) pour aller manger *Chez Réal*.

Je suis passée des milliers de fois devant
ce petit restaurant, mais je n'y étais jamais
entrée. Ce n'est plus du tout l'endroit le
plus fréquenté de la ville, il faut dire...
Et une fois que je mets les pieds à l'intérieur, je comprends pourquoi. Les murs
rose saumon n'ont pas été repeints depuis
au moins vingt ans. Au-dessus du comptoir, des motifs rappelant les boutons d'un
magnétophone ont été collés. Les chaises,
aussi peintes en pêche foncé, sont défraî-
chies. Elles ne devaient pas être très jolies
à la base, de toute façon.

Nous sommes les seuls clients et l'homme qui sort de sa cuisine pour nous accueillir a l'air vraiment, vraiment content de nous voir ! Je ne sais pas s'il est un employé ou le propriétaire. Il n'a pas vraiment une tête de Réal. Il est trop jeune pour ça. Et un Réal, ça devrait être bedonnant, non ?

Il glisse quatre menus sur la table devant nous, puis il repasse avec quatre verres d'eau.

Nous consultons la liste des mets un instant. Je ne suis ni inspirée ni affamée, surtout après le festin de ce midi ! Je choisis finalement une poutine. L'employé, ou le propriétaire, je ne sais trop, disparaît de nouveau derrière le comptoir, mais quand il entend Marc et Mireille parler du « bon vieux temps » dans cet endroit et de l'ambiance qui y régnait, il revient et s'assoit à la table d'à côté.

— Vous permettez que je me joigne un peu à vous ? Je suis un grand nostalgique. J'aime beaucoup me rappeler cette époque… Le resto appartenait à mon père. J'ai grandi ici. Mes deux frères et moi, on jouait entre les clients, on faisait des mauvais coups avec les bouteilles de ketchup…

Quand mon père est tombé malade, j'ai pris la relève. Mais comme vous pouvez voir, ce n'est plus aussi vivant qu'avant! Je reviens…

Il repart, probablement pour terminer de préparer nos plats. Je me sens soudain un peu triste pour le fils de Réal. Ludovic, assis à côté de moi, me regarde et je sais qu'il pense la même chose que moi: nous avons maintenant trouvé notre sujet pour le travail de Miss Donovan.

Le proprio de *Chez Réal* réapparaît avec nos assiettes une quinzaine de minutes plus tard. Je constate alors que si la place est vide, ce n'est pas uniquement la faute du décor démodé… Ma poutine n'est pas mauvaise, mais j'en ai déjà mangé de bien meilleures! La sauce est trop salée et les frites sont molles. Je n'ose toutefois pas me plaindre devant Réal Junior. De son côté, Ludo se bat avec la croûte trop coriace de sa pizza. Il se dit sûrement qu'il aurait mijoté un souper mille fois plus savoureux!

Le repas est malgré tout très agréable. Mon chum et moi écoutons les trois autres raconter leurs anecdotes. Habituellement, les histoires poussiéreuses des parents m'ennuient à mourir, mais cette fois-ci, nous nous amusons beaucoup et nous prenons des notes pour notre devoir à même les napperons de papier.

— Te rappelles-tu, Marc, le soir où Gaudreault avait demandé au serveur de faire jouer la même chanson en boucle toute la soirée ? C'était quoi déjà ? demande Mireille.

— Je ne peux pas croire que tu l'aies oubliée !

Marc fredonne alors un air que nous n'arrivons pas à reconnaître, soit parce que c'est un trop vieux hit, soit parce qu'il fausse trop ! Ludo et moi en pleurons de rire. À moitié vexé, le père de mon chum nous fait une grimace et change de sujet.

— Ou la fois où Julie et Paul ont cassé et que ça s'est presque terminé en guerre de bouffe. Julie avait le pire caractère du monde ! On a failli lancer sur le marché un nouveau shampooing à la moutarde.

Le propriétaire, qui nous demande de l'appeler Sam, renchérit :

— Étiez-vous ici le jour où la comédienne américaine Renata Wilson est venue? Elle avait entendu parler de notre resto, et elle avait profité d'un tournage dans le Maine pour venir y faire un tour. Tout un détour!

— C'est sûr qu'on était là! Tous les gars se battaient pour récupérer sa serviette de papier! se rappelle Marc.

Nous ne voyons pas le temps filer et quand la voiture de Marc me laisse devant chez moi, il est presque neuf heures. Je constate alors que j'ai complètement oublié d'avertir mes parents que je ne souperais pas à la maison. Je vais me faire couper la tête!

J'entre sur la pointe des pieds, espérant passer inaperçue. Évidemment, c'est le moment que choisit Balthazar pour se planter dans mes jambes et me faire faire le saut de ma vie. Papa apparaît, attiré par mon sursaut comme une mouche sur un couteau plein de confiture.

— D'où tu sors, mademoiselle? On t'a cherchée partout! Marie-Kim a appelé toutes tes amies.

Je réfléchis à une excuse, mais je ne trouve rien de mieux que :

— Je vous avais avertis que j'allais dîner chez Ludovic !

— DÎNER chez Ludovic, Andrée-Ann, DÎNER ! Pas revenir à la nuit tombée !

À la nuit tombée… il exagère un peu ! Mais je ne le lui fais pas remarquer. Comme disait je ne sais plus qui, la meilleure arme est souvent la défense. Hum… non, je crois qu'il disait que la meilleure défense est l'attaque. Mais dans mon cas, ce ne serait absolument pas une bonne idée. Et voilà mon père qui me regarde, silencieux, avec ses grands yeux de poisson.

— Je m'excuse, papa. Je sais, c'est ma faute, j'ai complètement oublié d'appeler. Les parents de Ludo nous ont emmenés manger *Chez Réal* et puis…

— *Chez Réal ?* me coupe-t-il en riant. Ils ont de drôles de goûts, les parents de ton ami !

Je n'ai pas le courage de me lancer dans de longues explications. Je m'excuse de nouveau et je dis :

— Je suis fatiguée, je vais aller me coucher maintenant.

— C'est une excellente idée. Mais ne pense pas que ça va rester sans conséquence, jeune fille !

J'aurais souhaité une fin plus agréable à une si belle journée. Je m'endors tout de même en moins de trois minutes avec le sourire aux lèvres !

Chapitre 10
Une idée de chef

Au déjeuner, mon père n'a pas choisi de conséquence. Pas encore, en tout cas. Connaissant mes parents, je sais que je ne m'en sortirai pas aussi facilement! Il me reste dix minutes avant de partir pour l'école. J'aurai peut-être assez de temps pour me forger quelques arguments.

— Mais papa, c'était pour un devoir...

— S'il te plaît, Andrée-Ann! Manger *Chez Réal* pour un devoir... Tu pourrais trouver mieux!

— On va faire notre travail d'anglais sur ce resto.

Cette fois-ci, c'est ma mère qui pouffe de rire. Je déteste qu'on se moque de moi. Mon regard le lui signale sans tarder. Elle répond:

— Je m'excuse, ma chouette, mais je vois mal ce que tu auras à dire sur un casse-croûte! Cesse d'utiliser tes devoirs pour avoir des permissions pour sortir avec ton ami, veux-tu?

— En tout cas, moi, j'ai bien hâte de le lire, ce travail! ajoute papa.

Je soupire et je quitte la cuisine en bougonnant. Mes parents ont perdu tout leur romantisme. Je me demande même s'ils l'ont déjà été, romantiques. J'imagine mal mon père offrir un bouquet de roses à ma mère. Même des marguerites... Par chance, il y a des exemples de vieux couples plus amoureux, comme les parents de Ludo. Sinon je serais complètement découragée.

Marie-Kim marche jusqu'à l'école avec moi. J'en profite pour lui raconter ma journée et ma soirée passées avec la famille Roy-Lamarche. Elle fait des commentaires toutes les vingt secondes, mais au moins, elle ne rit pas de moi, elle! Lorsque je lui parle de notre idée pour le travail de Miss Donovan, elle réplique:

— C'est vraiment original. Louis-Philippe et moi, je pense qu'on va finalement prendre l'aréna.

Elle me fait une moue pour signifier qu'elle n'est pas tout à fait d'accord avec ce choix. Mais qu'est-ce qu'on ne ferait pas pour un beau gars comme Louis-Philippe Nolin!

Et pour se débarrasser le plus vite possible d'un devoir d'anglais...

En arrivant à la polyvalente, je ne souhaite qu'une chose : trouver Amélie pour pouvoir TOUT lui raconter une fois de plus. Mais le sort en a voulu autrement. Qui me tombe dessus dès que je pousse la porte ? Faby, qui crie de façon suraiguë :

— Andrée-Annou ! Ma chambre est EXTRAORDINAIRE ! C'est impossible que celle d'Amélie soit plus belle.

Hé la princesse de l'univers ! Avec les couleurs que TU as choisies, elle doit être hideuse, ta chambre. Je te souhaite de ne faire que des cauchemars dans ton énorme lit. À cause de toi, j'ai perdu du temps avec le gars le plus fantastique du cosmos. Qui sait, il aurait pu me préparer DEUX brunchs plutôt qu'un, si tu n'avais pas existé ! Bien sûr, je ne réponds pas ça. En fait, je reste muette. Je me contente de sourire hypocritement jusqu'à ce que quelqu'un d'autre arrive derrière moi et me prenne par les épaules. Marik ? Mélie ? Non, c'est plutôt Ludo.

— Nannou, j'ai eu une idée incroyable !

— Quoi, tu veux arrêter de te mêler des conversations des autres ? C'est vrai que c'est assez incroyable ! l'agace Faby.

Cette fois-ci, je ne peux m'empêcher de répliquer :

— Franchement, Faby ! Il a bien le droit de parler !

— En effet. Je m'excuse, Ludo.

Faby se croit peut-être la reine du monde, mais elle n'est pas vraiment méchante. Elle est même capable d'être très gentille. Parfois… Justement, en voyant le bras de Ludovic se glisser autour de ma taille, elle s'exclame :

— Vous sortez ensemble ! Oh ! Vous faites vraiment un beau petit couple.

Je sais très bien qu'elle n'aurait pas eu ces bons mots si Ludovic l'avait intéressée, mais j'imagine qu'il n'est pas assez cool pour elle. Elle est comme la jolie meneuse de claques dans les films. Elle doit absolument finir avec le capitaine de l'équipe de football !

Avec tout ça, je ne connais toujours pas l'idée géniale de mon amoureux ! Un voyage en Italie ? Acheter un château en Espagne ?

Pas tout à fait, mais ce n'est pas moins fantastique.

— On devrait donner un coup de main à Sam pour que son resto redevienne populaire. Je m'occuperais du menu et tu pourrais l'aider à redécorer. Ça te tenterait?

— Bien sûr!

Mon chum est tellement intelligent!

Pendant tout le cours de français, j'imagine de nouvelles couleurs pour habiller les murs de *Chez Réal*. Durant la période de maths, je change mentalement les chaises et les tables. Je présume qu'on ne disposera pas d'un très gros budget, mais ça ne fait rien. J'ai l'habitude de travailler avec peu de moyens!

Après les cours, nous nous rendons au resto pour faire notre proposition à Sam. Évidemment, cette fois-ci, j'ai pensé à appeler maman avant de partir de l'école! Elle ne comprend toujours pas ce qu'on peut trouver d'intéressant à ce vieux casse-croûte, mais elle ne m'empêche tout de même pas d'y aller.

Nous entrons dans notre futur endroit préféré de toute la ville. Deux clients boivent leur café en lisant le journal. Les seuls sons audibles sont le cliquetis d'une cuillère qui brasse le lait dans la tasse et le froissement d'une page qu'on tourne. En nous entendant, les deux hommes lèvent les yeux vers nous. Ils n'ont pas l'air contents de nous voir. Ils croient sûrement que nous sommes de ces jeunes bruyants qui dérangeront leur tranquillité.

Sam, lui, semble bien heureux quand il nous aperçoit.

— Ludovic! Andrée-Ann!

Je suis flattée qu'il se souvienne de nos noms. Il nous fait signe de nous asseoir sur les petits tabourets devant le comptoir, ce que nous faisons sans tarder. Il nous sert à chacun une boisson gazeuse. Ludo lui explique aussitôt le but de notre visite.

— On a remarqué que votre resto n'était plus aussi populaire qu'avant...

— Ça, c'est le moins qu'on puisse dire! rigole Sam.

Nous lui faisons part de l'idée de Ludo, ce à quoi il répond:

— Je ne pourrais pas vous payer... mais si vous réussissez à faire revivre mon casse-

croûte, vous pourrez manger ici gratuitement jusqu'à votre mort!

Nous repartons de *Chez Réal* très satisfaits.
Nous prenons l'autobus vers ma maison.
Je serais bien restée à l'arrêt à discuter,
collée contre Ludo, mais mes parents sont
sûrement encore un peu fâchés. Je vais
au moins éviter d'empirer les choses… Je
lui souhaite donc une bonne soirée, nous
nous embrassons et je le regarde quelques
secondes partir les mains dans les poches.

Chapitre 11
Dure vérité

Durant les jours qui suivent, je suis plus occupée que jamais. Je commence à travailler sur ma partie du travail d'anglais, sans oublier tous les autres devoirs et les examens qui approchent. Évidemment, à chaque seconde libre, je réfléchis à la nouvelle décoration de *Chez Réal*. J'aurais bien aimé retourner sur les lieux et prendre des photos, mais c'est impossible. En effet, mes parents ont finalement trouvé leur sapristi de conséquence : je dois rentrer immédiatement à la maison après l'école. Je peux sortir seulement la fin de semaine. Et comble de malheur, j'ai le droit de voir Ludo à ces moments-là uniquement ! J'ai eu beau argumenter qu'on avait un travail d'équipe à finir, papa a simplement répondu que je m'étais assez servie de ce travail pour avoir des faveurs. De son côté, Marie-Kim passe tout son temps avec Louis-Philippe. C'est vraiment injuste !

Je termine un texte à l'ordinateur pour le cours de français quand un petit « ding » m'indique que j'ai reçu un nouveau courriel. C'est de Ludovic ! Par chance, il trouve que c'est super romantique de s'écrire. Il a un don pour relever le côté positif des choses ! En ouvrant son message, le cœur battant, je commence à penser comme lui !

Allo ma belle Nannou,

Je suis allé prendre des photos du casse-croûte pour le travail. On pourra faire une espèce de avant/après. En même temps, ça t'aidera peut-être pour la déco ! Je t'aime et j'ai hâte de te voir dans le cours de maths demain matin !

Ludo xxxxx

Il est tellement parfait ! Moi aussi, j'ai trop hâte de le revoir au cours de maths... Le cours de maths ? Je l'avais complètement oublié ! Et on a douze pages de devoir à faire. DOUZE ! Je n'y arriverai jamais. Je sais que je devrais m'y mettre sans plus attendre, mais au lieu de ça, je regarde les images envoyées par Ludo. Les espèces de boutons de chaîne stéréo, c'est certain que ça devra partir. Pour la couleur des murs, j'hésite. Devrait-on opter pour quelque chose de vivant ou plutôt chic ? Je verrais un décor assez classique. Beige et rouge vin ou aubergine. Il faudrait évidemment changer l'ameublement. Des tables et des chaises en bois foncé. Ce serait vraiment très joli, d'après moi. J'ai hâte de partager mes idées avec Ludo... Tiens, je vais lui faire quelques croquis pour que ce soit plus clair. Je navigue aussi sur Internet à la recherche de meubles illustrant ce que j'ai en tête.

Une heure plus tard, je range mes crayons de couleur. Mon devoir de mathématiques n'est pas terminé. Il n'est même pas commencé, en fait. Je soupire et je m'y mets, même s'il est huit heures trente passées. Je lis le premier numéro et je n'y comprends déjà rien. Je ne m'en sortirai jamais... Comme j'entends la télévision s'allumer, je crie :

— Marik ! As-tu fini ton devoir de maths ?

— Oui, pourquoi ?

— Est-ce que je pourrais te... l'emprunter?

Je croyais que mes parents étaient absents, mais je me trompais, puisque maman répond à la place de ma sœur:

— Il n'en est pas question! Tu n'avais qu'à commencer plus tôt!

Je soupire très fort et je relis pour une huitième fois de suite le premier exercice.

* * *

J'ai finalement terminé vers onze heures. Je ne crois même pas que mes réponses soient exactes. À la fin, j'écrivais plutôt n'importe quoi. J'ai toujours détesté les mathématiques. Mais ce matin, il y a quand même une bonne chose avec cette matière: elle me permet de retrouver Ludovic!

Quand j'entre dans la salle de classe, il parle avec Léonard. En route vers mon amoureux, je suis freinée par... Faby, bien entendu! Au moins, cette fois-ci, elle me salue, jette un petit regard vers Ludo, puis me fait un clin d'œil avant de me laisser me sauver. Ouf! Ludo a l'air tout aussi content de se «débarrasser» de Léonard. Nous nous approchons un peu plus et une fois l'un face à l'autre, nous ne savons pas trop si nous devons nous embrasser ou non. C'est un peu gênant, j'ai l'impression que toute la classe nous regarde… Peut-être même toute l'école. Et si tout le monde s'était rassemblé dehors, devant cette fenêtre et nous fixait ? Oui, je suis ridicule. La cloche sonne finalement avant que nous échangions le moindre mot. Étrangement, j'en suis un peu soulagée.

Durant le cours, notre enseignant explique des notions un peu trop compliquées pour mon manque d'attention. Monsieur Roberge fait aussi le tour de la classe pour vérifier les devoirs. Ouf ! Une chance que je me suis un peu forcée cette fois-ci ! Marie-Kim, par contre, ne s'en sort pas si bien. Elle n'en avait fait que la moitié… Je suis plutôt contente de ne pas m'être fiée à elle, finalement !

Quand enfin nous sommes libérés pour la pause, je rejoins Ludovic. Maintenant que presque tout le monde est parti, j'ose plus facilement l'embrasser. J'annonce ensuite :

— J'ai quelque chose à te montrer pour *Chez Réal !*

— Ça tombe bien, j'ai eu des idées de recettes. J'ai hâte de te faire goûter !

— Malheureusement, ça devra attendre à vendredi soir…

— Ça me donnera l'occasion de trouver plus de nouveaux plats !

Nous nous attablons tous les deux à la Grand-Place et je lui présente mes esquisses. Il reste d'abord silencieux. Je le presse un peu :

— Qu'est-ce que tu en penses ?

— C'est beau… fait-il d'une voix peu assurée.

— Tu peux le dire, s'il y a quelque chose que tu n'aimes pas !

Il continue à fixer mes dessins sans rien dire. Il n'est toujours pas très convaincant.

— Ludo, je préférerais que tu sois honnête.

— Bon, mais je ne veux pas que tu te choques ou que tu sois triste…

Ça commence bien mal. Il poursuit :

— Il me semble que ça fait un peu vieux… et chic aussi, pour un casse-croûte, non ?

Je sais qu'il n'a pas l'intention de me blesser. D'ailleurs, c'est moi qui lui ai demandé d'être franc. Mais je suis quand même un peu vexée. En plus, comme je n'ai pas beaucoup dormi à cause du devoir de maths, je suis fatiguée et un peu plus à fleur de peau. J'essaie très fort de faire comme si sa critique ne me faisait ni chaud ni froid, mais je n'y arrive pas. Les larmes me montent aux yeux. Je ne suis plus capable de parler et Ludo ne sait pas quoi dire, alors nous restons muets. Décidément, c'est plus difficile que je pensais, de travailler avec mon chum !

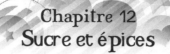

Chapitre 12
Sucre et épices

Pendant le reste de l'avant-midi, je ne parle pas beaucoup à Ludovic. Je sais que c'est ridicule, mais je lui en veux un peu. De son côté, il n'essaie pas vraiment de m'approcher. Pour me permettre de me « défâcher », j'imagine. Je dîne avec Amélie, Marie-Kim et son amie Naomie.

En après-midi, Miss Donovan nous laisse la période libre pour travailler en équipe, à la demande de quelques élèves qui n'ont probablement pas encore commencé. Je n'ai donc pas le choix de discuter avec Ludo. C'est lui qui parle le premier.

— Andrée-Ann, tu n'as pas de raison d'être fâchée, je t'ai donné mon avis. D'ailleurs, je n'ai pas dit que c'était laid, j'ai juste été surpris, je m'attendais à quelque chose de… différent. En fait, je ne sais pas trop à quoi je m'attendais. Contrairement à toi, je ne suis pas un très bon décorateur…

— Il faut que j'avoue que j'ai repensé à tes commentaires… et je crois que tu as soulevé un point intéressant. Ça prendrait quelque chose de plus vivant.

Miss Donovan passe près de nous et nous rappelle à l'ordre.

— *In English, please !*

Nous enchaînons en anglais comme elle le désire. Du même coup, nous commençons à travailler plus sérieusement. En une heure quinze, nous réussissons presque à terminer ! De mettre ainsi nos cerveaux en commun nous aide à être aussi proches que nous l'étions avant notre minichicane. Plus ça avance, plus j'apprécie ce boulot que nous donne notre « merveilleuse » prof d'anglais !

Le soir, chez moi, je reprends le travail de la veille. Non, je n'ai pas à refaire les exercices de maths, comme Marik, mais plutôt la décoration de *Chez Réal*. Assise sur mon lit, je feuillette des revues pour trouver un peu d'inspiration. Malheureusement, aucune image de restaurant n'y apparaît pour m'aider. Quelque chose de vivant… Kaki et rose pâle ? Ha ha ha ! Certainement pas !

Vert lime, blanc avec des touches de rouge ? En gribouillant quelques croquis, je m'aperçois que cela pourrait être vraiment beau. Et très, très vivant ! Mais cette fois-ci, je ne dévoilerai pas mes nouvelles idées trop vite à Ludo. Pas avant de goûter à ses premières recettes, en tout cas !

✱

Le vendredi soir venu, je suis bien excitée d'aller chez mon copain. Ses parents sont partis souper en amoureux pour laisser la cuisine à Ludovic et à ses expériences culinaires. En entrant, je suis frappée par des odeurs alléchantes. Ludo s'approche de moi pour m'embrasser. Il sent les oignons sautés dans la poêle. Miam ! Il m'entraîne jusqu'à la salle à manger, tire ma chaise et me fait signe de m'asseoir. Il revient quelques secondes plus tard avec un plateau à la main, comme les vrais de vrais serveurs. Il dépose devant moi un plat, qu'il présente avec un faux accent français :

— Madame, vous pouvez ici déguster un burger en quatre versions : le premier quart est garni de légumes grillés, le deuxième est à la sauce cajun, le troisième est au brie et confit d'oignon et le quatrième… c'est une surprise. Je veux tous tes commentaires !

Les trois premiers sont succulents, surtout la variante cajun, qui est assaisonnée à la perfection ! La quatrième recette, par contre, n'est pas aussi délicieuse. Je n'arrive pas à deviner les ingrédients qu'il a utilisés, mais c'est beaucoup trop sucré. Mais c'est sûrement une question de goût… Peut-être a-t-il pensé me piéger en préparant quelque chose de beaucoup moins bon, juste pour voir si je serais parfaitement honnête avec lui… Malgré tout, j'hésite à lui dire la vérité. Je demande seulement :

— Qu'est-ce que tu as mis dans celui-ci ?

— Tu ne l'aimes pas ?

— Hum… ce n'est pas ça… Je suis curieuse, c'est tout.

— J'ai voulu en créer un plus original. On pourrait l'appeler le burger Ludo !

— Peut-être, oui…

— Et les autres ?

Ouf ! J'avais hâte qu'on change de sujet ! Soudainement plus emballée, je lui fais l'éloge des trois autres hamburgers. Il en oublie son « burger Ludo » et m'offre une limonade maison, avant d'enchaîner avec ses différentes poutines. Ça enlèvera le goût trop sucré de son dernier burger…

Mon appétit commence à être limité, mais sa boisson me rafraîchit si bien, que j'ai encore un peu de place, un peu de curiosité et beaucoup de gourmandise pour déguster les trois petits plats qu'il pose devant moi.

— Alors, Madame, dans le premier bol, vous trouverez une poutine à la grecque, avec pommes de terre grecques, fromage feta, olives et une sauce brune classique. Dans le deuxième bol, découvrez la poutine sauce aux trois poivres et dans le troisième bol, la poutine des carnivores, avec saucisse et steak haché.

Je commence par celle à la viande, au cas où je serais trop pleine après les deux autres.

— En tout cas, celle-ci est tout simplement MALADE !

Je lécherais le fond du contenant si je ne me retenais pas…

La version grecque ne sera jamais ma favorite, mais elle n'est pas mauvaise pour autant. Les olives et la sauce brune ne se marient peut-être pas à merveille par contre... Lorsque je le fais remarquer à Ludo, il prend une note sur un petit calepin et ajoute :

— J'ai hésité à en mettre aussi... Merci du commentaire !

Après une seule bouchée de la poutine aux trois poivres, je me rue sur mon verre de limonade. C'est si piquant que j'en ai les larmes aux yeux ! Cette fois-ci, il ne note rien dans son carnet. Il dit simplement :

— Tu n'es peut-être pas habituée à manger si épicé...

— Je ne crois pas, Ludo. C'est VRAIMENT trop fort.

Il n'a pas l'air très content de mon commentaire. Sa réaction me fâche un peu.

— Je pensais que tu voulais mon avis sincère...

— Oui, mais j'ai quand même le droit de ne pas être d'accord, non ? J'ai comme l'impression que tu cherches des critiques négatives à me faire parce que je n'ai pas aimé ta déco l'autre jour.

— Ça n'a rien à voir ! Si c'était ça, je ne me serais pas retenue pour te dire que ton « burger Ludo » n'est pas mangeable !

Oups. Là, je suis peut-être allée trop loin. Mais son commentaire était vraiment déplacé ! Soudain, son regard se fait plus dur. Il ramasse la vaisselle qui s'est accumulée devant moi, puis il la porte jusqu'à l'évier. Il la laisse tomber si violemment que je suis surprise que rien ne casse.

— Je crois que je vais y aller, moi.

— Bonne idée !

Je pars, mes dernières esquisses sous le bras et le cœur très, très gros.

Chapitre 13
Critiquer la critique

Je cours presque jusqu'à la maison, même si je ne vois pas très bien où je m'en vais, à cause de toutes ces larmes qui brouillent ma vue. Comme si je ne me sentais pas déjà assez mal, je suis accueillie par mes parents, assis sur le sofa du salon. Ce n'est pas eux qui mangeraient en amoureux dans un restaurant sans aucune raison !

Ma mère continue à lire son roman historico-romantico-poche. Comme j'arrive au moment d'une pause publicitaire, mon père m'accorde une minute d'attention. Il m'interroge :

— Ça va, ma chouette ?

— Oui, oui. Je... j'ai un peu mal au cœur, alors j'ai décidé de revenir plus tôt.

Ce n'est pas tout à fait un mensonge ; c'est vrai que mon cœur a connu de meilleurs jours. D'abord, il a dû endurer les expériences culinaires de Ludo, et maintenant il est comme une balle de stress dans les mains d'un énervé : complètement écrabouillé.

Ma mère me lance un petit air de pitié. Son regard m'invite à raconter ma grosse « pei-peine », mais je n'en ai aucune envie. Mes parents seraient beaucoup trop contents de m'assommer avec un sermon du genre : « Tu es peut-être un peu jeune, aussi, pour avoir un chum. Plus tard, tu comprendras mieux la vie et bla bla bla ». Bref, je préfère me diriger vers l'escalier sans un mot de plus. Après deux pas, je me ravise et je demande :

— Marik n'est pas là ?

La pause publicitaire est terminée, c'est donc maman qui se donne la peine de répondre :

— Non, elle est partie au cinéma avec des filles de l'école.

J'espère seulement qu'Amélie n'est pas avec elles. J'ai tellement besoin de lui parler ! À la seconde même où j'entre dans ma chambre, je l'appelle. Son père confirme alors ce que je craignais : elle est allée voir *Que jeunesse se passe* elle aussi. Je n'aurais pas dû me rendre chez Ludo ce soir. Mais jamais je n'aurais pu deviner ce qui s'y déroulerait. Ce n'est pas le genre de mon amoureux d'agir comme il l'a fait. En fait, ce n'est pas le genre du chum que je connais. Peut-être qu'il était juste gentil pour mieux me séduire. Peut-être que je découvre le vrai Ludovic aujourd'hui...

Je me couche en petite boule sur mon lit et je pleure pendant ce qui me paraît être des heures. Soudain, le téléphone sonne. Je jette un coup d'œil à mon radio-réveil pour me rendre compte que je ne suis rentrée que depuis quarante-cinq minutes. Ça ne peut donc pas être Amélie qui tente de me rejoindre, il est beaucoup trop tôt. À moins qu'elle ait senti avec ses antennes ultra-performantes que j'avais besoin d'elle. Elle est sortie de la salle de cinéma au pas de course et elle m'a appelée sur son téléphone cellulaire. Ce scénario me paraît encore plus crédible quand maman me crie :

— Andrée-Aaaaann, téléphoooone !

Je décroche en vitesse. Malheureusement, ce n'est pas la voix de Mélie que j'entends à l'autre bout, mais plutôt celle de Ludo. Je reste saisie. Mon premier réflexe est de lui raccrocher au nez, ce que je fais avec une pointe de soulagement. Oh! Mais s'il désirait s'excuser? Je ne croirais pas. Il pense sûrement que c'est moi qui ai eu tort. Il voulait probablement me demander de revenir terminer le bol de poutine dégoûtante sauce aux mille deux cents poivres. Je l'imagine m'expliquer que ce n'est pas grave si c'est trop piquant, on n'a qu'à la jumeler avec le burger sucré! Ouache!

La sonnerie résonne de nouveau. C'est sûr que c'est encore lui. Cette fois-ci, je prends le combiné. Si mes parents décrochent une fois de plus, ils viendront essayer de me tirer les vers du nez. « Pourquoi il a appelé deux fois? La ligne avait coupé? Qu'est-ce qu'il te voulait? » Trop de questions auxquelles j'aurais de la difficulté à répondre sans mentir…

Je ne m'étais pas trompée, c'est bien Ludovic qui veut me parler.

— Nannou… Je m'excuse. Je ne sais pas ce qui m'a pris, je…

— Ce qui t'a pris? Je vais te le dire, moi! Tu te penses le meilleur et tu n'es pas capable d'accepter la critique.

— Parce que toi tu l'as acceptée, la critique, l'autre jour ?

Est-ce qu'il veut vraiment se faire pardonner, ou m'énerver encore plus ? Je ne cherche pas à en savoir plus. Je lui coupe une fois de plus la ligne au nez… ou plutôt à l'oreille. La rage monte en moi. Si je ne me retenais pas, je lancerais l'appareil à l'autre bout de la pièce. Mais ça n'arrangerait rien… D'un autre côté, je me demande ce qui pourrait arranger les choses. Tout allait si bien, la semaine dernière ! J'aimerais revenir dans le temps et retrouver mon Ludo d'avant.

Je recommence à sangloter. Cette fois-ci, les oreilles bioniques de maman ont entendu. Ou bien elle espionnait depuis un petit moment derrière ma porte. Cela ne m'étonnerait pas beaucoup. Elle entre sans même cogner, ce qui mc rcnd encore plus en colère.

— Ma chouette, qu'est-ce qui t'arrive ? C'est Ludovic qui t'a fait de la peine ? Tu sais que tu peux tout me dire…

Miraculeusement, je réussis à garder mon calme

105

— Ce n'est rien de grave, maman. Je suis juste fatiguée.

— Mais vous vous êtes disputés, non ?

— Oui, mais c'était pour une connerie. Peux-tu me laisser tranquille, s'il te plaît ?

— Je déteste te voir comme ça, ma puce... Tu es certaine que tu n'aimerais pas me raconter ce qui ne va pas ?

Mon ton monte et je crie presque :

— Maman ! J'ai dit que c'était correct ! Qu'est-ce que tu veux de plus ?

— Pas besoin de hurler comme ça ! J'ai compris !

Elle sort, l'air vexé. Quelle mère énervante ! Je l'échangerais n'importe quand avec Ludo. Surtout que lui ne mérite pas des parents aussi géniaux...

Mon regard tombe tout à coup sur mes nouvelles suggestions de couleurs pour *Chez Réal*. Je suis de plus en plus certaine que ce serait magnifique. C'est clair qu'une telle décoration attirerait beaucoup plus de clients ! Je réalise alors à quel point ce projet me tient à cœur. Mais si je veux continuer à travailler pour celui-ci, je devrai trouver un moyen de me réconcilier avec Ludo. Et ça, ce ne sera pas si facile...

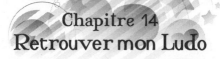

Chapitre 14
Retrouver mon Ludo

Le lendemain, je raconte TOUT à Amélie et à Marie-Kim. Je me serais contentée de ma meilleure amie, mais ma sœur est toujours dans les parages… Et évidemment, quand c'est le temps d'apprendre les détails d'une histoire, elle est impossible à chasser de ma chambre ! Ça ne fait rien, Marik a parfois de bonnes idées. C'est génétique, j'imagine ! Hi ! Hi ! Hi !

Mélie s'excuse au moins mille fois d'avoir été au cinéma. Je la rassure mille et une fois. Après tout, comment aurait-elle pu savoir ? Ma jumelle, pour sa part, a d'autres questionnements en tête.

— Mais Drée, si tu souhaites te réconcilier avec Ludo, c'est juste parce que tu veux continuer ce projet bizarre dans ce resto moche ou c'est parce que tu l'aimes encore ?

C'est toute une question, ça ! Sur le coup, je ne sais vraiment pas quoi répondre.

Elle n'a pas tort sur un point : c'est la déco de *Chez Réal* qui me pousse à renouer rapidement avec Ludovic. Mais ça ne signifie pas que je ne suis plus amoureuse.

— En fait, j'aime l'ancien Ludo, pas celui qui se croit le roi du burger !

— Le Burger King… blague Marik.

Mélie est plus philosophe :

— Dans les livres et dans les films, ils règlent toujours les problèmes de la même manière : par la communication. Si tu lui parlais de tout ça, peut-être que ça aiderait, non ?

— Peut-être. Mais je bloque quand il faut que je dise quelque chose d'important. J'aurais l'air d'une belle dinde !

Marie-Kim propose :

— Je pourrais me faire passer pour toi. Moi, je saurais exactement quels mots utiliser.

— Et tu l'embrasserais à ma place après ? Pas question ! Je vais lui envoyer un courriel. Au pire, il le supprimera avant de l'avoir lu…

Amélie, plutôt en accord avec mon idée, décide de retourner chez elle pour me permettre de rédiger mon message toute seule.

Dès que ma sœur finit enfin par me lâcher les semelles, je me mets au boulot. Au départ, ce n'est pas facile du tout. J'efface et je recommence au moins trois mille fois. Puis, je laisse mon cœur parler, et ça fonctionne. En tout cas, je crois…

Cher Ludo,

J'espère que tu prendras le temps de lire ce message. Je sens que les choses vont de travers en ce moment et ça me fait bien de la peine. Je me rends compte que travailler avec son amoureux (si je peux encore t'appeler ainsi…), ce n'est pas évident. Par contre, je crois que tout n'est pas perdu. On réussit à être francs l'un envers l'autre et ça, c'est une très bonne chose d'après moi. Maintenant, il faudra prendre les commentaires de façon un peu moins personnelle. Avec le recul, je comprends que ce que tu m'as vraiment dit, c'était que mes idées de décoration ne convenaient peut-être pas. Ce que j'ai plutôt entendu, c'est que tu me trouvais poche.

J'imagine que c'est un peu la même chose pour toi, quand j'ai donné mon avis sur tes plats. Tu es un cuisinier sensationnel. Je voudrais tellement que tu me prépares à manger pour le reste de mes jours! Mais ce qui me ferait encore plus plaisir, c'est que nous réussissions à discuter sans nous chicaner.

Je t'aime,

Nannou xxx

❋

J'attends une réponse à mon courriel tout le reste de la fin de semaine. Le lundi matin, je n'ai toujours rien reçu. J'aurais envie d'être très, très malade pour rester à la maison. Mais ma sorcière de mère devinerait mon stratagème et j'aurais encore droit à un interrogatoire, suivi d'un sermon. Je crois que je préfère subir le silence de Ludovic.

Je réussis assez bien à éviter le regard de Ludo durant les deux premières périodes. Je parviens même à sourire et à rigoler avec Mélie pendant le cours d'arts plastiques!

Et rire, ça creuse l'appétit. Je suis d'ailleurs surprise d'entendre mon ventre gargouiller, puisque je n'avais pas retrouvé la faim depuis vendredi. En sortant du local, j'aperçois Marik jaser avec Ludo. J'espère juste qu'elle n'essaie pas de se faire passer pour moi! C'est impossible, Ludovic sait comment nous sommes habillées aujourd'hui. À moins qu'il n'ait pas remarqué...

En arrivant à la case que nous partageons, ma sœur et moi, je la questionne.

— Qu'est-ce que tu lui as encore raconté?

— À qui?

— À Ludo! Je t'ai vue!

— Bof, rien. Hé, en passant, j'ai oublié mon dîner, alors je mange le tien.

À ces mots, Marie-Kim saisit la boîte à lunch que je venais de sortir de mon sac et elle se sauve d'un pas rapide. Qu'est-ce qui lui prend? Et moi, qu'est-ce que je vais avaler? Non, mais cette fois-ci, elle dépasse vraiment les bornes! Amélie, qui a tout vu, semble aussi surprise que moi. Elle essaie de défendre ma jumelle en disant que c'était sûrement une blague, mais elle ne convainc personne.

Nous rejoignons Marie-Kim à la cafétéria. Elle a déjà placé mon lunch dans le four à micro-ondes. Je marche vers elle, mais une main sur mon épaule m'arrête. Je me retourne. Ludovic, tout sourire, me tend un plat de pâtes bien fumantes. Il déclare :

— Je ne suis pas certain de pouvoir te faire à manger tous les jours, mais pour ce midi, je t'ai préparé ceci. Je me suis arrangé pour que ce ne soit pas trop sucré, ni trop épicé… Et si tu n'aimes pas ça, tu me le diras, je ne me fâcherai pas. J'irai chercher le lunch de ta sœur. Ou je te payerai quelque chose à la cafétéria.

Je m'assois à la table la plus proche. Mes jambes sont trop molles pour que je me rende plus loin ! J'ai retrouvé le Ludo trop charmant, attentionné, qui trouve les bons mots, qui me sourit avec son air juste assez gêné et qui cuisine les meilleures pâtes aux fruits de mer de la Terre entière. Bref, j'ai retrouvé MON Ludo.

Après le repas, Ludovic me raconte qu'il a testé ses recettes auprès de ses parents. Ils ont fait les mêmes commentaires que moi !

Ils lui ont aussi donné quelques suggestions pour améliorer le tout.

— Moi aussi, j'ai repensé à tout ça et j'ai refait des esquisses. Tu avais raison, ça faisait un peu trop lourd et sérieux. Tu veux que je te montre?

— Bien sûr!

Je retourne à ma case et je retrouve les feuilles sur lesquelles j'ai gribouillé mes nouvelles idées. Au premier coup d'œil, il s'exclame :

— C'est génial! En fait, je ne connais rien à la déco, mais je pense que c'est ce que ça prend. Tu es vraiment bonne, ma belle Nannou.

J'espère qu'il ne veut pas seulement me faire plaisir en me félicitant ainsi... En levant les yeux vers son air ravi, je sais qu'il dit la vérité. Je suis si heureuse! Mon couple et notre super projet sont sur les rails. Que demander de mieux?

Chapitre 15
Transformation

Ludovic et moi attendons avec impatience que le samedi arrive. Nos parents ne veulent pas que nous allions *Chez Réal* en semaine… Mais le plaisir est dans l'attente, paraît-il! Je ne sais vraiment pas qui a inventé cette expression ridicule. Je suis presque certaine qu'il s'agissait d'un amateur de camping et qu'il a en fait dit: «Le plaisir est dans la tente.» Ça a plus de sens ainsi!

Le samedi finit par arriver et, à onze heures pile, je quitte la maison en direction de la quincaillerie de monsieur Labrie. Il me salue comme à son habitude et me laisse foncer droit vers les échantillons. Je choisis un vert «île émeraude», qui, étrangement, a tout de la lime et rien de l'émeraude. Je trouve également un rouge juste assez vif à mon goût. Puis je repars pour rejoindre Ludo à notre futur resto favori. Une bonne assiette de pâtes de mon amoureux me ferait plus plaisir qu'une poutine fade ou un burger gras, mais il faut bien encourager notre « client » !

Sam nous reçoit avec son sourire habituel. Une fois de plus, peu de tables sont occupées. Ludovic et moi nous assoyons au comptoir et commandons tous les deux un club-sandwich. J'ai l'impression que ce plat a inspiré mon grand chef préféré, puisqu'il note quelque chose au dos de son menu en papier… Sam revient peu de temps après avec nos repas, qu'il dépose devant nous. Je suis incapable d'attendre plus longtemps. Je pousse doucement mon assiette et j'étale mes croquis et les échantillons de peinture sur le comptoir. Sam observe le tout un moment, puis il déclare :

— Ce sont des gros changements que tu prévois là, ma belle ! Je présume que c'est ce qu'il faut…

Je sens un certain malaise chez lui. Il n'ose peut-être pas donner son avis sur mes suggestions. Je l'encourage alors à avouer ce qu'il en pense vraiment. Il prend quelques secondes avant de reprendre la parole. Puis, quelques secondes de plus, durant lesquelles j'imagine toutes les insultes qu'il pourrait me lancer.

— Pour être bien sincère, Andrée-Ann, au premier coup d'œil, je trouvais ça un peu trop… flamboyant. Mais finalement, je crois que ce serait très joli.

Ouf ! Je respire un peu mieux. C'est maintenant au tour de Ludo de présenter son travail. Il sort de son sac à dos un paquet de feuilles. Ce sont toutes les recettes qu'il a inventées et que j'ai testées… sauf le burger Ludo et la poutine sauce au poivre ! Sam les lit une à une, puis il admet :

— C'est difficile de dire ce que ça goûte sans les avoir essayées, mais tout ça me semble délicieux !

Ludo et moi échangeons un sourire et un regard complices. Nous avons réussi notre mission ! Le propriétaire ajoute alors :

— Mais… je vois un petit problème à vos grands projets.

— Qu'est-ce que c'est ? demande Ludovic.

— Je n'ai pas les moyens de changer tout l'ameublement. Et certains des ingrédients reviendraient un peu trop cher. Je sais que je pourrais augmenter les prix, mais c'est dans la philosophie de ma famille d'offrir des repas peu dispendieux.

Comment veut-il qu'on améliore son casse-croûte sans payer un sou de plus? Je m'attendais à bien des embûches, mais pas à celle-ci! Bon, respire, Andrée-Ann, c'est lui le patron, c'est à lui de décider. Il y a certainement une solution. Mais bien sûr qu'il y a une solution! Pourquoi n'y ai-je pas pensé avant, moi qui ai pourtant l'habitude de faire du neuf avec du vieux!

— Pour les meubles, ce ne serait pas un problème. On peut simplement sabler les tables et les chaises et les repeindre!

Je crois que Ludo se faisait le même genre de réflexion que moi de son côté, puisqu'il propose:

— Et pour les recettes, il y a certainement une façon de changer quelques ingrédients pour faire baisser les coûts.

Sam est soudain plus enthousiaste.

— Vous avez raison, les enfants! Ce resto a fait son temps. J'ai maintenant l'ingrédient secret pour tout recommencer à neuf: vous deux! Dès lundi, je ferme tout pour la semaine. Je vais appeler quelques amis pour m'aider à rénover. Seriez-vous libres quelques soirs aussi?

118

Ludo s'empresse d'approuver. La joie nous donne tant d'appétit que nous dévorons nos club-sandwiches à belles dents!

En sortant de *Chez Réal*, nous allons chez Ludo. Son père passe la tondeuse alors que sa mère travaille dans les platebandes. On dirait qu'ils ne se quittent pas d'un centimètre, ces deux-là. J'aimerais tellement être comme eux quand je serai plus vieille!

Marc arrête le moteur et s'approche de nous.

— Alors, les amoureux, comment s'est déroulée la rencontre avec votre client?

— Super! Cette semaine, on rénove tout! Et je vais l'aider à développer un nouveau menu.

Mireille, qui suit notre conversation de loin, s'en mêle.

— Avez-vous besoin d'un coup de main? On pourrait aller faire un tour après le travail quelques fois. On doit bien ça à cet endroit « magique », non?

Marc répond:

— En effet! Oh! Ce serait vraiment génial de peinturer tout le monde ensemble! Je vais appeler Sam pour lui proposer nos services.

***

Ainsi, tous les soirs de la semaine, Ludovic et moi terminons nos devoirs en vitesse et, avec Marc et Mireille, nous allons rejoindre Sam pour poncer, peindre et cuisiner. C'est assez éreintant, mais nous travaillons dans la joie, la vieille musique et beaucoup, beaucoup, beaucoup de fous rires ! Plus les rénovations avancent, plus je suis heureuse. Mais ce qui me rend le plus fière, c'est l'air admiratif de Sam, chaque fois qu'il sort de sa cuisine et qu'il balaie la salle à manger du regard. Bientôt, ce resto sera le plus populaire de toute la ville. Les actrices célèbres feront de nouveau des détours pour venir y déguster une poutine grecque ou un burger à la cajun, c'est moi qui vous le dis !

Le vendredi soir, nous finissons particulièrement tard. Mireille et moi tenions absolument à terminer la teinture des dernières chaises. Sam veut rouvrir le lendemain et tout doit être prêt! Ludo et Sam avaient aussi une nouvelle recette de burger à nous faire goûter. Un cheeseburger tout garni. Miam! Celui-ci est adopté à l'unanimité et je l'ajoute au grand tableau noir au-dessus du comptoir, là où figure le menu. J'ai si hâte de voir les clients faire la queue pour déguster une bonne poutine sauce au poivre (nouvelle version)! Mais pour le moment, il vaut mieux aller dormir un peu.

Quand j'entre à la maison, maman m'attend de pied ferme.

— Tu as vu l'heure, mademoiselle?

— Oui, mais j'ai appelé papa tantôt pour avertir que j'arriverais un peu plus tard et il a dit que c'était correct.

— Je sais, mais ce n'est pas une raison. Va te coucher, on en reparlera.

Je profite de cette porte de sortie pour me sauver. Demain, elle n'y pensera sûrement plus. Ma tête tombe directement sur l'oreiller et je m'endors aussitôt.

***

Le lendemain, je remarque très vite que maman n'a rien oublié du tout. J'ai à peine posé un pied au bas de l'escalier qu'elle me sert le petit discours qu'elle avait préparé la veille.

— J'imagine que tu t'es levée et habillée aussi tôt pour retourner dans ton casse-croûte ?

Je soupire exagérément, ce qui la pousse à continuer.

— Andrée-Ann, j'ai peur que tu sois en train de te faire manipuler par cet homme… comment il s'appelle ?

— Sam.

— Par ce Sam. Ce n'est pas normal pour une enfant de travailler autant.

— Pas du tout ! Sam ne me demande rien. On le fait parce que ça nous tente.

Et puis on va pouvoir manger là gratuitement pour toute la vie… c'est un peu comme s'il nous payait.

— Un salaire de frites ! On aura tout vu ! C'est assez, maintenant. Je ne veux plus que tu y ailles.

— Quoi ? Mais… pourquoi ?

Elle bouge les bras et les épaules comme une vieille marionnette. Je crois bien que ça signifie : « C'est comme ça et c'est tout. » Si je ne me retenais pas, je sortirais sur-le-champ en claquant la porte. Franchement, qu'est-ce qui m'arrête ? Le fait que je sois en pyjama, j'imagine… Mais rien ne m'empêche de monter à ma chambre, de me changer en vitesse, puis de disparaître, en claquant la porte devant ma mère, qui hoche la tête de façon exagérée.

Je file directement chez Ludovic. Dans tout mon empressement, je n'ai jamais pensé une seule seconde que mon amoureux pourrait encore dormir… Heureusement, Mireille m'accueille.

— Ça n'a pas l'air d'aller, devine-t-elle en me préparant un chocolat chaud.

Je lui rapporte la conversation que je viens d'avoir avec maman, en m'imaginant qu'elle partagerait ma frustration. Je suis bien surprise qu'elle me dise plutôt :

— Je comprends que ta mère pense ça, Andrée-Ann. Si je n'avais pas participé au projet avec vous, j'aurais sûrement été d'accord avec elle.

Je bois une gorgée de chocolat chaud en silence. J'aurais cru qu'elle m'appuierait un peu plus ! J'aurais même espéré qu'elle convainque maman de me laisser assister à la grande ouverture aujourd'hui. La mère de Ludo doit remarquer ma déception, car elle propose :

— Qu'est-ce que tu dirais qu'on invite tes parents à manger, ce soir ?

— Mais... vous rateriez la réouverture de *Chez Réal* !

— Je suis sûre que Ludo préférerait mille fois attendre d'y aller avec toi de toute manière. Et ça me ferait bien plaisir de rencontrer tes parents et ta sœur !

À ce moment, Ludovic se traîne les pieds jusqu'à la cuisine. Il a les cheveux encore plus en bataille qu'à l'habitude et il se frotte

les yeux en bâillant. Tout à coup, il m'aperçoit. Il se fige net. Quand il retrouve l'usage
de la parole, c'est pour s'exclamer :

— Nannou ! Qu'est-ce que tu fais ici ?

Je réponds, moqueuse :

— Quoi, tu n'es pas content de me voir ?

— C'est sûr, c'est sûr...

Mireille éclate de rire. Elle reprend ensuite son sérieux et demande à Ludo :

— Dis donc, mon grand, serais-tu
d'accord pour préparer un souper spécial
ce soir ?

Mireille s'explique et Ludovic est d'accord
avec l'idée de sa mère, même s'il avoue que
de cuisiner pour mes parents le rend très
nerveux. J'offre :

— Je vais t'aider, si tu veux...

— Ça serait génial !

Mireille propose d'appeler elle-même
ma mère pour l'inviter « officiellement »,
tandis que Ludovic et moi plongeons sans
tarder dans les livres de recettes pour
choisir le menu.

Nous passons l'après-midi la tête dans
les chaudrons. Ludo trouve le moyen d'être
romantique en cuisinant. Il noue mon tablier,

me lance des regards en coin quand j'émince les légumes et vient par-dessus mon épaule humer le potage alors que je brasse. Et nous avons eu notre leçon : cette fois-ci, nous parvenons à travailler ensemble sans même nous quereller !

Plus la journée avance, plus je suis nerveuse. Et si nos parents ne s'entendaient pas du tout ? Et si, pour cette raison, mon père et ma mère m'empêchaient définitivement de voir Ludo ? « Calme-toi, Andrée-Ann, me dis-je. Marc et Mireille sont super. Il n'y a aucun risque que papa et maman ne les apprécient pas ! » Au moins, on a réussi le souper à la perfection, ça, j'en suis certaine !

Quand la sonnette d'entrée retentit, mon cœur bondit. Je jette un coup d'œil à mon amoureux, qui s'essuie les mains maladroitement sur son tablier, avant de le retirer. Nous nous rendons dans le hall. Marc nous a devancés et je vois mes parents et Marie-Kim entrer.

— Wow ! Ça sent vraiment bon ! s'exclame mon père.

— C'est les jeunes qui ont tout fait ! répond Marc.

Peu de temps après, nous nous mettons à table. Les « vieux » discutent de tout et de rien, tandis que Ludo, Marik et moi parlons des films à venir au cinéma. Tout se passe à merveille, quand tout à coup, LE sujet apparaît sur le tapis: *Chez Réal*. Ma mère s'empresse de sortir son petit ton outré pour déclarer:

— Je trouve que ce Sam exagère. Vraiment! Ce sont des enfants! Ils ont travaillé toute la semaine. Si Andrée-Ann échoue à un examen à cause de ça, il aura affaire à moi…

Je bous de nouveau. Mireille me sauve en répliquant:

— De notre côté, on essaie de se dire que Ludo vieillit, qu'il doit prendre ses responsabilités. C'était sa décision de s'impliquer autant. J'avoue que c'est très difficile de ne plus le voir comme un petit garçon… Et ne vous en faites pas, Sam ne les a jamais poussés. Si ça n'avait été que de ces deux-là, ils auraient terminé bien plus tard! C'est vrai que c'était un gros boulot, mais on a eu beaucoup de plaisir! Il va absolument falloir que vous veniez constater les résultats, ça vaut la peine!

Marc ajoute :

— Personnellement, je crois que c'est impressionnant de voir des jeunes aussi travaillants, avec un tel esprit d'initiative. La société se plaint que les ados d'aujourd'hui ne font plus rien, mais certains exemples prouvent le contraire. On peut être fiers d'eux !

Il a trouvé les mots exacts pour convaincre mon père. Celui-ci s'exclame :

— Pour être fiers, on est fiers !

C'est gagné ! Et même que demain, nous irons tous dîner *Chez Réal*. Wow ! Je n'en demandais pas tant !

***

Le lendemain midi, comme prévu, nous dînons à « notre » restaurant. En entrant, je suis un peu déçue de constater qu'il n'y a pas beaucoup plus de clients qu'avant les grands changements. Mais au moins, Sam est d'une humeur exceptionnelle. Il est convaincu que d'ici quelque temps, son casse-croûte reprendra vie !

Nous ne recevons que d'excellents commentaires de mes parents et de ma sœur, tous trois impressionnés. Marie-Kim est vraiment surprise quand je lui dis que les chaises et les tables ne sont pas neuves et qu'elles comptent en fait plus de vingt-cinq années. Maman a complimenté au moins mille fois Sam et Ludovic à propos du burger qu'elle a mangé. C'est vrai que la version aux légumes grillés est l'une de mes préférées aussi. C'est peut-être idiot, mais ça me fait plaisir de m'apercevoir que j'ai un point en commun avec ma mère. C'est rare, ces temps-ci !

Je jette un petit coup d'œil vers Ludo. Il a le sourire fendu jusqu'aux oreilles. Il est tout aussi fier que moi et je crois qu'on a raison de l'être. Dès qu'il a servi les quelques autres clients, Sam vient nous rejoindre.

— En tout cas, messieurs dames, vous avez vraiment des enfants extraordinaires !

Ma mère répond :

— Ça, c'est bien vrai ! C'est impression-nant de voir tout ce qu'ils peuvent faire quand on leur en donne les moyens.

Je trouve son commentaire particuliè-rement hypocrite, mais je fais comme si je n'avais rien entendu. Je suis trop joyeuse pour réellement pouvoir me fâcher, de toute façon.

Mais il a fallu que Marc gâche ce beau moment en s'exclamant :

— Eh bien, les jeunes ! Vous allez pouvoir faire tout un exposé sur ce super endroit !

L'exposé ! Je n'y songeais plus. On n'a plus qu'une semaine pour se préparer. Le travail écrit est terminé depuis belle lurette. Ce n'est pas ce qui me rend nerveuse, je sais qu'on aura une bonne note. Mais pour la partie orale, c'est autre chose !

Chapitre 17
Le jour E

J'essaie pendant la moitié de la semaine d'inventer une machine à arrêter le temps, mais je me rends bien compte que si c'était possible, l'un des élèves de Miss Donovan l'aurait déjà créée. Je passe donc le reste de mon temps à apprendre ma partie de texte pour l'exposé. Mon anglais n'est pas complètement minable, mais avec ma timidité, je suis certaine que je vais bloquer. Je ne veux pas avoir l'air d'une vraie tarte devant toute la classe! Déjà que ma sœur n'a pas fait fureur avec sa présentation de l'aréna avec Louis-Philippe, je dois tenter de sauver l'honneur de la famille, si possible.

Ce soir, la veille du jour J, ou plutôt du jour E comme dans exposé, Ludovic vient me rejoindre pour répéter une dernière fois. Ma mère est plus gentille qu'elle ne l'est avec n'importe quel autre de mes amis, même Amélie. Elle nous apporte un gros bol de pop-corn « pour nous encourager ».

Je crois qu'elle a compris que je ne pourrai jamais avoir un chum aussi merveilleux que Ludo. Elle a d'ailleurs trouvé ses parents très sympathiques et «jeunes dans l'âme», comme elle a dit. Je n'ai pas trop saisi si c'était un compliment ou non, mais je me fous un peu de ce qu'elle pense de Marc et Mireille. Ils sont géniaux, un point c'est tout.

Nous nous installons dans le bureau pour nous exercer. Je sais que je connais ma partie par cœur, mais je me trompe quand même à tous les trois mots. Je me mélange aussi dans mes cartons, montrant les photos prises avant en parlant de maintenant et vice-versa. Ludo, lui, est parfait. Il déclame son texte comme un acteur américain. Moi, plus j'essaie, pire c'est.

— Tu es trop fatiguée, Nannou. Tu le disais parfaitement toi aussi, hier. Je pense que le mieux, ce serait que tu ailles te coucher.

— Je n'arriverai jamais à dormir! C'est impossible!

— Je sais. C'est pour ça que j'ai eu une idée...

Il fouille dans son sac à dos et en ressort un CD. Curieuse, je demande :

— Qu'est-ce que c'est ? Tu as enregistré notre oral pour que je puisse l'écouter en boucle toute la nuit ?

— Jamais de la vie ! Il faut que tu penses à autre chose maintenant. C'est la trame sonore de *Que jeunesse se passe*. Je l'ai achetée hier, en souvenir de… notre première rencontre. J'espère que ça aidera !

Mon amoureux parfait pose le CD sur le bureau, se lève, dépose un baiser sur le dessus de ma tête et s'en va, comme seuls les princes charmants savent le faire.

✳✳✳

Grâce à Ludo, le lendemain matin, je suis bien reposée. Rongée jusqu'à l'os par le stress, mais pas fatiguée. Au moins, je pourrai avoir l'air folle devant toute la classe sans être complètement cernée ! C'est bien de penser positif dans les moments critiques.

Je déjeune à peine et je pars en vitesse pour rejoindre Ludo à l'école le plus rapidement possible. Quand je le retrouve, à son casier, il semble très nerveux lui aussi. J'aurais dû deviner que son air cool d'hier n'était pas tout à fait honnête... Il essaie quand même de me rassurer, sans grand succès.

— Mais Ludo, tout le monde va rire de notre sujet. On aurait dû choisir le terrain de pétanque finalement... Je suis certaine qu'il s'y est déjà déroulé un tournoi international, un jour. On aurait pu parler de ça, tu te rends compte?

— Nannou, tu es complètement cinglée. Notre sujet est hyper original. En plus, on donne un super coup de main à Sam. Qu'est-ce que tu demandes de mieux?

Je ne suis pas convaincue, mais c'est vrai qu'au moins, la cause est plutôt bonne. Et si notre publicité ne porte pas fruit, on aura eu le mérite d'essayer.

Je fais un immense bond quand la cloche sonne. Est-ce que le médecin qui aurait dû me réanimer au cinéma pourrait revenir à mes côtés, s'il vous plaît? Heureusement, cette fois-ci, Ludovic est là pour me soutenir, autant moralement que physiquement. En fait, il me traîne pratiquement de force jusqu'à notre salle de classe. Et, quelques minutes plus tard, lorsque Miss Donovan demande qui veut commencer, c'est lui qui lève la main, l'air confiant. Je vais mourir!

Une fois devant le groupe, je fais un tour d'horizon du regard. Tout le monde semble encore endormi. Avec un peu de chance, ils n'écouteront pas vraiment. Sauf Mélie, qui me fait un clin d'œil accompagné d'un large sourire. Elle me donne le courage de commencer, après m'être éclairci la voix.

Au moment où j'annonce notre sujet, je remarque, sur les visages en face de moi, de l'étonnement, du désintérêt et très, très peu d'enthousiasme. Je savais que le Parc au castor aurait été un meilleur choix! Toutefois, quand je me mets à raconter quelques anecdotes rapportées par Marc, Mireille et Sam, je sens qu'une curiosité générale envahit la salle. Et lorsque nous expliquons les changements que nous avons apportés à l'endroit, photos à l'appui, j'entends Louis-Philippe glisser à son voisin: « Ça a l'air cool! » En énumérant les nouveaux mets sur le menu, j'en fais même baver quelques-uns… Bon, j'exagère un peu, mais à peine. À la fin, je suis certaine que nous aurions été applaudis, si Miss Donovan ne s'en était pas mêlée, en faisant un récit trop détaillé du jeune temps où ses amis et elle se retrouvaient *Chez Réal*. Ses histoires sont ennuyantes à mourir, mais celles-ci confirment une chose : on aura une super note !

Je reste sur mon petit nuage tout le reste de la journée. Les cours de maths et d'arts plastiques sont particulièrement ennuyeux, mais j'ai tout de même un grand sourire accroché au visage.

Durant la pause de l'après-midi, Amélie, Ludovic et moi surprenons une conversation entre deux gars de la classe, en passant devant un banc. J'attends d'être hors de portée de voix pour demander à mes deux amis :

— Je rêve ou ils se sont donné rendez-vous *Chez Réal* samedi midi ?

— Tu ne rêves pas… Eh bien, Sam aura au moins deux nouveaux clients !

***

Et le samedi midi en question, c'est plus que deux nouveaux clients que Sam doit servir. En effet, lorsque je pousse la porte du resto, une surprise de taille m'attend. La salle est pleine à craquer! Et si Ludo ne nous avait pas gardé de places, à Amélie, Marie-Kim et moi, nous aurions dû déguster notre poutine sur le trottoir! Mon amoureux se lève pour m'accueillir en me serrant dans ses bras. Il me chuchote un «je t'aime» qui me fait ramollir comme la première fois. Puis je m'assois et savoure cet autre moment de fierté.

Dès qu'il m'aperçoit, Sam s'approche en criant:

— Andrée-Ann! Tu as vu dans quel pétrin tu m'as mis? J'ai dû appeler mon frère en renfort! Je l'ai réveillé. Je lui ai dit que c'était de ta faute, il veut te tuer.

J'éclate de rire. Je l'aurais peut-être pris un peu plus au sérieux s'il n'avait pas déclaré tout ça avec un air aussi épanoui!

Je regarde tout autour de moi et j'ai l'impression de faire un voyage dans le temps, de me retrouver à l'époque où nos parents étaient jeunes. J'imagine sans peine

Louis-Philippe et Léonard se battre pour la serviette de table d'une star connue internationalement. Et je nous vois, Ludo et moi, faire des projets d'avenir, grandir l'un à côté de l'autre et devenir – ou plutôt rester – un couple parfait comme Marc et Mireille. S'il y a une recette secrète pour s'aimer éternellement, je crois bien qu'on l'a trouvée.

Titres de la collection

ISBN 978-2-89595-413-2

ISBN 978-2-89595-414-9

ISBN 978-2-89595-532-0

ISBN 978-2-89595-415-6

ISBN 978-2-89595-459-0

ISBN 978-2-89595-483-5

ISBN 978-2-89595-531-3